哈囉！

大不列顛──留學女生週記

她的理性、她的感性、她的朋友、她的生活……
與你一起分享，一個女生在英國留學的故事！

江雅綺 著

第一篇　生活點點滴滴

第二篇　旅人形形色色

第三篇　異國走走停停

第一篇

生活點點滴滴

~~ 百年倫敦風華 ~~

　　對倫敦的第一個印象，是驚異於它完善的都市交通規畫：火車站隨處可見，地下鐵四通八達，再加上每條街的轉角邊，都有一個小小的巴士亭，難怪計程車的數量遠遠比台北少。第二個印象，則是眼前所及，一切的建物都帶著一點十九世紀的風味，即使行人穿著現代的服裝，我仍然覺得有一股巨大的歷史力量，將我拉回一百年前。

　　這種感覺很奇怪，明明所有的建物都看起來舊舊的，明顯有了年紀，但是按照它們的年紀，它們又顯得太過新穎。精確的說，按照它們的年紀，這些建物都有一百歲，但是按照我的常識，一百歲的建物好像不應該長得這麼現代。

　　一百年前，我不禁驚嘆，如果是一百年前，那麼在二十世紀仍然算是世界名城的倫敦，在當時該是多麼風華絕代！一百年前就有了貫穿城市的地下鐵路系統，一百年前就有了起降有序的航空機場，一百年前就有了美輪美奐的建築設計，一百年前的音樂劇仍然風靡現代的觀眾，一百年前的民主政治已經是如此成熟、一百年前的社會曾經是傲視全球的大英帝國…

　　站在倫敦的街口，我試著用想像拭去它臉上的灰塵。倫敦就像一個曾經叱吒風雲的老人，雖然已經讓位給年輕力壯的小夥子，但只要一個眼神，就可看到過去滿滿的智慧，只要一個轉身，就可以看到當年光榮的氣度。如果把時空拉回 一百年前，那

麼現代看來有些老舊的倫敦，絕對當得起日不落帝國的首都。老態中有君臨天下的威嚴，陳舊中掩不住高人一等的自尊。

我曾經聽人說，倫敦人都相當冷漠，我揣著忐忑不安的心，此行卻很幸運，每次問路，對方都放下手邊的事，專注的聽我的問題，然後帶著滿面的笑容，告訴我該怎麼走。或許是因為地處英格蘭南方，倫敦人的口音遠比北方人清晰易懂，對已經待在北方兩個月的我來說，真是意外的驚喜！沒想到來到倫敦，英文聽力自動進步不少。

第一個要去的地方，當然是大英博物館。它藏在一條小巷裏，我走在大街上，懷疑著按照上個人的指路，大英博物館應該就在附近，卻怎麼不見蹤影，正煩惱著是不是該找個人問路，一眼瞄到巷子裏竟然有一棟氣派不凡的古典建築，一排高聳的圓柱撐著拱形的屋頂，座落在小巷裏，鶴立雞群，怎麼看都讓兩旁的樓房相形失色。我立刻想到，不用問了，這肯定是大英博物館了。

果不其然，走進這一棟氣派古典的建築，眼前一亮，大英博物館的中堂完全挑空，你可以一眼望上去直看到屋頂的玻璃鑲板，大堂中間蓋著一間圓形的圖書館，四周圍著不同主題的展覽區。我站在圖書館的入口，被一句寫在地上的詩句吸引住了，當時竟然沒帶紙筆，如今只記得幾個單字，它奇特而詩意的句型，已經無法重現全貌了：「Thy the feet of millenniums stand in the midst of knowledge。」我試著把它翻譯成中文：「千年的歷史，知識的寶庫。」頗為勉強，如果有更好的譯文，不妨告訴我。

圖書館入口的牆邊，有一塊石板，刻 著建館數百年來，曾經在這座圖書館裏尋找知識養分的名人：我第一個想到的是孫文，記得以前的歷史課本裏有提到「國父倫敦蒙難」的故事，

果然在石板中間，找到「sun yat san」，後面還跟著一行注解「revolutionary politician」，想到中國近代史天翻地覆的變化，曾經與這棟圓形的大書房如此貼近，我又再一次想到入口前的詩句，歷史建構知識，知識影響歷史，這二者的關係可以寫一整館的圖書，被詩人巧手一捏，縮在一句短短的詩裏。

　　要看完整座館藏，一天內簡直是不可能的任務，只能挑幾個區，做重點式的瀏覽。埃及區是我一直渴望要看的地方。神祕的金字塔、神祕的木乃伊、神祕的文字、神祕的石板畫…即使是埃及人的眼神，看來都如此神祕不可解。站在展出的石棺、雕像、刻字、圖畫…前，數千年的距離讓一切都成了無解的密碼。我細細讀著一旁的說明，但說明永遠都不夠，古埃及是如此的不可知不可解，讓我深深著迷。

　　我忍不住伸手去摸摸雕刻精細的石棺，即使隔了千年，古人那種單純與敬虔的心意，仍然可以觸摸的到。如果不單純，怎麼能花了那麼多的力氣就為了一件作品？如果不虔敬，怎麼所有的作品都看不出一點偷工減料的意味，反而像在比賽誰更精美？

　　我又聯想到曾經在中國杭州的靈隱寺裏，看到許多佛像雕塑的陳列，今人做的與古人做的明顯有別，今人的作品彩漆猶新，鮮艷華麗，但是古人的作品，黯淡無光中卻讓人感到一種虔誠的心意，一筆筆工細的線條，沒有現代人方便的色彩材料，他們的認真反而讓現代人的速成更加無所遁形。

　　匆匆又逛了羅馬、中國、希臘、日本…直到博物館裏的工作人員開始趕人，我走出大門，天色已經全黑。我的頭有些昏昏沉沉的，大概是因為裝了太多還沒消化的知識。大門旁邊，意外發現有兩個賣烤香腸的小販，飄溢的香味還有小販的推車，讓我想起了台灣。

大英博物館

位於倫敦市區的中心，館藏六百多萬件文物的大英
博物館，可以免費入場。它不但是倫敦的地標，也是英
國人的驕傲。從美索不達米亞文明到埃及木乃伊、從中
國的珍稀瓷器到希臘雅典的神廟遺跡，大英博物館可說
包羅了東西文明的菁華，是大英帝國全盛時期累積而成
的寶庫。

博物館的中央大廳，則為拱圓屋頂的大英圖書館。
曾有許多名人在此地流連忘返，並寫下傳諸後世的鉅
著。比較著名的例子，除了曾在倫敦避難的孫文先生，
還有寫下共產黨宣言的馬克思。

因此，大英博物館不但是人類歷史的展場，它本身
更曾參與歷史創造的過程，是倫敦旅客不可不去膜拜的
觀光聖地。

~～ 食衣住行在倫敦 ～~

倫敦的物價貴得嚇人，食衣住行皆然。

　　就吃的來說，我的經驗是，一條最普通的白吐司折合台幣要六十塊，街角一杯隨手帶走的咖啡，再怎麼無色無味，在這裏台幣一百塊並不算貴。更不要說市中心裏處處有異國風味的餐廳，中東、埃及、印度…倫敦提供豐富的口味，但是每一餐都可能讓你的荷包大大失血。

　　另外，英國的紡織業頗為著名，英國人常常自豪倫敦的時裝設計可和法國的巴黎、義大利的米蘭抗衡。不管是不是英國人的自尊作祟，我走在街上，一路確常常不自覺的被櫥窗裏的擺設吸引，一來是整體設計有美感，二來是模特兒身上的衣物也真得看來時髦高貴。

　　住的方面，我是在網路上找青年旅館，四個人一間房，標準價格是13英磅一晚，沒有獨立的衛浴設備，凡是上廁所或洗澡都要眼尖，看到空檔就衝，唯一讓我感到安慰的是青年旅館一般都會附早餐，只是千萬別想成是著名的傳統英式早餐，有煎蛋、培根、蛋糕、紅茶、水果…等，所謂的「早餐」就是白吐司、附有果醬、奶油、茶包、熱水，自行取用。

　　說到「行」，只要不坐計程車，倫敦的地鐵和公車站隨處可見，而且往往附有名勝景點的路線圖，如果購買為遊客特別設計的一日票或週末票，有效期間內可以任意轉乘不同的交通工具，大約要三、四百元台幣，比起計程車，真可算是價廉物美了。記得剛到倫敦火車站的時候，因為急著要把行李放到旅館，就在「計程車招呼站」和大家一起大排長龍，比起遊客的數量，計程

車總是有一輛沒一輛，我足足等了一個小時，才盼到一台外型看來像是電影道具的古董車，車頂高而車廂寬，讓我想到以前的馬車。上車的時候我還興緻勃勃的研究沿途的街景，下車的時候被跳錶上的數字嚇了一跳，不過坐了十來分鐘，竟然要12磅多，這種價錢都可以讓我在倫敦再住一晚了！安頓行李之後，旅館經理告訴我，這附近就有一個地鐵站，步行五分鐘可到，我聽到這個消息的時候，只能苦笑！

第一天我趕著到大英博物館參觀，第二天我預計到西敏寺一帶，參觀著名的大教堂與附近的白金漢宮。一出地鐵的「西敏」站，走沒幾步路就看到一整排金碧輝煌、雕工繁複的偉大建築，我認出建物左邊的鐘樓，是明信片上常有的「倫敦鐘塔」，中間一落建物，入口前有「克隆威爾」的塑像，我沒記錯的話，他就是「大憲章」的推手，英國民主歷史的催生者。右邊又有一座高塔拔地高起，色彩更繁麗，雕工更細緻，前面的建築如果是「美不勝收」，這棟高樓可以說是「嘆為觀止」了！

因為我根本不知道這一帶除了西敏寺還有什麼，當下認定這就是著名的西敏寺了，雖然心下有些懷疑，它看來如此氣派，好像沒有什麼出世的氣息。之後看到路旁有一塊石碑，介紹這一帶的著名建物，我才恍然，原來眼前這是house of parliament，也就是英國的「國會」。在台灣的時候，報紙常常形容立法院是「國會殿堂」，直到看到這排建築，我才知道什麼叫做「殿堂」，和這棟建築比起來，台灣的立法院簡直像隻醜小鴨了！

相較之下，真正的「西敏寺」外觀並沒有那麼耀眼，但是走進大教堂，仍然會被高聳的圓柱、精美的壁畫所震懾，尤其是三三兩兩虔誠祈禱的人們，不管他們所信仰的神是否真的存在，教堂確實有寧靜人心的力量，因為教堂裏的人們付出全心全意的信

任，自然形成一種強大的精神力量，看著刻著牆上的詩文，大意正是：「誰都可以在神前獲得救贖。」

　　一路漫步到白金漢宮，可惜錯過了最著名的衛兵交換表演，一個大大的牌子立在白金漢宮前廣大的草坪上，寫著「今日無衛兵交接」，有各種歐洲語文，還有寫得歪歪斜斜；有點好笑的日文，但是沒有中文，或許是來得華人觀光客並不多。白金漢宮看來幾分像宮殿，幾分像官署，有王家氣象，也有官僚氛圍，它用的真是一色的「白」，宮外一整片大草坪，再外一圈才是拱形的鐵欄環繞，與其說這些鐵欄是為了屏障，倒不如說是為了美觀。鐵欄上鑲著許多王家徽章，那是一塊銅綠色的盾牌，刻著獨角獸、雄獅、還有一個拿著豎琴的天使，分別代表威猛、和平、珍稀、幸福，我想這正代表著英國王室的終極價值。

　　白金漢宮前有一條寬敞的皇家步道，兩旁不是怡人的綠園就是森嚴的城堡，置身其間，真讓人不知不覺對王室感到敬畏。雖然今日的英國王室已經沒有實權，但是它的建築與規劃，還保有當日的威嚴。只可惜沒有機會去看看唐寧街十號，我想相比之下，內閣首輔的官邸必然平淡許多，因為民主的中心思想和君權截然不同，首相既是經由人民一票票選出來的，這種來自人民的基礎，強調的是親民，不需要廣大的宮城與令人畏崇的空間設計。

　　走著走著，忽然下起大雨，倫敦的天氣終日陰沉，在這裏陽光不是自然，而是「自然資源」，取之有限，用時須感恩。所以無論何時，雨具是倫敦的必備用品。這場雨下得好大，我匆匆走出皇家步道，躲進一家賣生活用品的小店。

～～ 最後一排座位的音樂劇 ～～

「倫敦鐵橋就要垮下來，垮下來…」記不記得這首旋律悅耳的世界童謠？這琅琅上口的曲調，讓無以數計的孩子，在念地理課之前，早早就知道世界有一個地方叫做「倫敦」，倫敦有一座鐵橋。

我在「tower bridge」一站下車，還來不及細看聞名瑕邇的倫敦大橋，先注意到眼前有一棟佔地寬廣、灰石築就的古堡。城牆又高又寬，望之儼然不可侵犯；城門上有鉅齒狀的圍牆，讓衛兵可以居高臨下先發制敵；幾座高塔上有幾面小小的窗戶，泛出暗黃的光，好像有人正在裏面策畫大計。這座古堡活脫脫是中世紀電影最好的場景。尤其在夜晚看來，附近沒有任何燈光明亮的現代高樓大廈，古堡像個大黑洞，吸掉了所有的光線，寒風吹來，樹影搖曳，堡壘上彷彿還有衛兵躲在不知名的地方，監視外界的一動一靜。傳聞中世紀的古堡裏面，因為歐洲尚處於「黑暗時代」，總有許許多多殘忍的故事，像是謀殺、酷刑、奪權、政變…一次又一次以鮮血染就城堡的歷史，我不禁加快腳步，將視線移開，往倫敦大橋的方向走去。

橋上有專為行人專用的走道，橋下就是泰晤士河，河兩邊是市中心，有許多重要的商廈與建物，遠遠的可以看到，河心有幾座大船燈光通明，緩緩的航行著。

這座大橋最特別的地方，就是它是從河的兩岸同時修建，到河心才將橋的兩段連在一起，並且利用精密的力學設計，兩段橋分別都可以架高，形成一個大的「八」字，讓人車無法通行；或者再同時攤平，就又回復平時大橋的模樣。看過電影「神鬼傳奇

2」的話，應該印象猶新，主角和壞蛋（當然還有木乃伊）玩追逐戰，追到了倫敦大橋，壞蛋過了橋中心，就將橋段架高，主角再怎麼智勇雙全，看著兩個橋段中間的鴻溝，只能徒呼負負。

現在我才想到電影公司選擇倫敦為場景，實在頗有意思，要找木乃伊，除了原產地埃及，當然就是大英博物館所在地─倫敦囉！

走過了橋，熱鬧的市容一下子清減不少，不知道是不是因為過了橋就算是倫敦的衛星區域，就像台北的福和橋一樣，過了橋就是永和，和另一端的台大校區截然不同。看到幾間設備不錯的pub，裏頭三三兩兩的英國人，聊天喝酒，好不高興。對了，上酒館和看球賽，是英國人閒餘最大的消遣。和台灣人多樣化的娛樂活動比起來，好像有些單調。而且英國人喝酒，看起來也是安靜而高雅，你不會看到人聲喧嘩的場面。大概英國人把所有的破壞力，都發洩在看足球賽上了。英國人是世界有名的「足球流氓」。我還沒有看過他們的足球賽，但從大街小巷上處處可見--這裏最大的足球明星「貝克漢」──的海報來看，英國人對足球的癡迷，絕對不可等閒視之。

想到娛樂，又想到我昨晚趕著看了一齣音樂劇─fame，中譯「名揚四海」，是描寫一群藝術系的學生，各有其才能與特性，在摘星的路上發生的點點滴滴。至於為什麼選擇「名揚四海」，而不是更負盛名的「孤星淚」或「歌劇魅影」，嘿嘿，說來好笑，因為我在地圖上找了半天，發現最近一家、唯一一家我趕得及七點半開演時間的劇院，上演的就是fame。途中還發生一件小烏龍，我向一位倫敦小姐問路，這位小姐熱心有餘，專業不足，信信滿滿的將我引到錯誤的方向。所以，當我氣喘吁吁的趕到那間劇院時，已經是七點過十分，我都不敢期望還能買得到票了。

幸虧還剩下最後一排的票，所謂「最後一排」，並不是「最後一排座位」，而是一排釘在牆上的簡易型坐椅，只有一個可折疊的坐墊，連扶手都沒有。而且因為緊靠背牆，而劇院二樓還有一圈半圓形的包廂，所以我沒有辦法看到舞台的全畫面，有三分之一被樓上突出的包廂遮住了。即使有些克難，我還是相當高興買到了這張票。

fame的故事並不複雜，可以說是青春喜劇，但是有歌有舞，好不熱鬧。中場休息時，我到洗手間去，看到一排金髮碧眼的女生，只有我一個黑髮黑眼珠的傢伙，反而顯得醒目。大概是因為有計畫的遊客都去看「歌劇魅影」或「孤星淚」去了，我感覺今天入座的都是本地人，這些女生一個個穿著比平日優雅的服裝，好像是參加一場盛宴。我的毛衣、牛仔褲打扮，惹來不少注目，怎麼會有一個觀光客冒冒然的闖進了英國的傳統文化饗宴呢？不過不管她們怎麼想，我發現我好喜歡音樂劇，那種舞台特有的爆發力、現場的感染力、訓練有素的歌者和舞者，在在讓我感到不虛此行。終場時，表演者帶著觀眾，隨著音樂一起扭動，台上台下的互動，更是讓氣氛熱到極點，我也跟著大搖大擺的，開心極了！

走出劇院，整條大路上都是燈光輝煌的建築，處處可見藝術表演的海報與廣告，似乎愈夜愈美麗。轉進小巷，忽然看見一家小酒館，從窗外可見屋內灑滿柔黃的光，裡面疏疏落落坐了幾桌人，有的喝酒有的聊天說笑，似乎都是下班後與友人小酌一番，神態十分輕鬆。

就這樣一路走下來，這一整日，我看到歷史的痕跡、也有藝術的結晶，還有倫敦人的家常寫照！

倫敦大橋

　　美麗的泰晤士河穿越倫敦，把市區劃成兩半。1886年，政府為了解決河流兩岸的交通問題，開始興建倫敦大橋，於1894年完工。橋身兩端矗立著哥德式的高塔，兼具實用與美觀的功能，可說是十九世紀工藝科技的心血結晶。

　　倫敦塔橋的設計別出心裁，每當大船經過、橋身可以感應水壓的變化，從中央分成兩半、各別往上昇起，開啟一片三角形的挑高空間，讓船隻得以順利通過，待船經過後，大橋再緩緩平放，恢復平日橋身讓道路車輛通行。不過，別以為塔橋永遠不會故障，有時發動橋身上昇的吊桿卡住，橋面昇到一半動彈不得，就會變得不上不下，也曾經因此造成倫敦交通嚴重阻塞。

　　來到塔橋，除了可以行走於別樹一格的橋面上，欣賞泰晤士河岸風光。還可以參觀塔橋附近一座有近千年歷史的倫敦塔城。它的外型看似一座城堡，實質上是一座高級監獄，許多失寵的嬪妃、貴族，都曾在此地度過無數個陰森的夜晚。先進的塔橋與古老的城堡相伴，正代表倫敦現代與傳統兼容並蓄的特色。

~~ 雪天過年 ~~

回可愛的台灣過完我的聖誕假期，來到英國的第一個禮拜，就遇到壞天氣。星期一我到超市買菜，提著大包小包走出店門，發現外頭已經飄起小雨。跳上公車，窗外的雨絲漸漸轉白，原來隨著氣溫下降，雨下著下著，竟下成雪了。

坐在公車裏看著窗外一切的景物，都蒙上一片薄薄的白雪，似乎是電影裏談情說愛的的好場景。但是下了公車，我才發現，走在雪地上一點也不詩意。雪下還蓋著一層薄薄的霜，如果沒有一雙雪地專用、抓地力強的靴子，再遇上下坡路，很容易就會滑倒在路上。

是的，我的房子就位在下坡路上，當我小心翼翼的避開結霜的路面，卻只能望著家門前小道上的一片堅冰嘆氣，總不能不回家吧！可是我遲疑著該怎麼踏出第一步…好不容易鼓起勇氣，第一步就差點失去平衡。幸虧有一對好心的中年夫妻路過，笑嘻嘻的伸出雙手，一人扶住我一邊手臂，撐著我走到家門口前，總算解救了我的窘境。

之後每次出門，我都戰戰兢兢的扶著路旁小花園的圍欄，真是一步一腳印，一點也不敢掉以輕心。幸好天氣很好就轉暖，太陽一出來，冰雪很快就化了。

因為趕著回來上課，來不及在家鄉過完農曆新年，心裏總是有一點小小的遺憾，沒想到到學生餐廳用餐的時候，竟然看到告示，說為了慶祝中國新年，餐廳特別推出中國湯麵特餐。用餐時還有一位服務員發給客人一人一張特製的餐巾，上面寫著中國生肖（chinese horoscope），畫著一隻大大的羊，還有對十二生肖

的個別解說呢！這下子我興趣來了，一定要看看外國人眼中的十二生肖有沒有不一樣？上面寫著：「羊，藝術性高且感受性強，但是易憂慮。」鼠：「有魅力有決心，容易激動。」牛：「可靠勤奮但固執。」虎：「勇敢有榮譽心，有時會徒勞無功。」兔：「幸運，但是害羞。」龍：「天生的領導者，有複雜的個性。」蛇：「聰明有吸引力，但是多疑。」馬：「社交性強，聰明，缺少耐心。」猴：「好奇，易成功，但無恒心。」雞：「友善勤勞，易自我中心。」狗：「忠實公正，但可能會自私且固執已見。」豬：「有禮，高貴，輕鬆過日子，但情緒多變。」

　　看著這些熟悉的敘述，我不禁笑了起來，雖然它們化為西方的文字，看來有些陌生，但是我還是很高興，在外國人的土地上，居然也知道在世界上的另一端，有一群人正在熱烈慶祝屬於他們文化獨有的節日。

　　吃完飯，我心中的小小遺憾也煙消雲散，因為，雖然是在這樣的冰天雪地，我還是有過到「年」呢！

~~ 生活大師 ANN ~~

　　我住在一棟三層樓高的老房子裏，離學校很近，走路五分鐘就到。一樓是客廳與廚房，二樓和三樓各有兩個房間。

　　我有兩個樓友。一個是來自香港的ANN，二十二歲的女生，有圓圓的臉蛋，白白的皮膚，明亮的眼睛。高中畢業後跑到澳洲念會計系，大學畢業後又跑回香港工作。過了半年，覺得香港經濟愈變愈差，立刻辭掉工作，決定到英國轉修法律。ANN會說廣東話和英文。另一個是來自前英國的殖民地--孟加拉的SERINA，二十七歲的女生，有棕色的皮膚，南亞人的輪廓，深邃的雙眼。在達卡大學（孟加拉首都）念完七年醫學院，覺得女性在孟加拉沒有地位，夢想到英國開創新生活。她念的是公共健康管理，碩士班第一年。SERINA會說孟加拉話、英文和一點點印度語。

　　我們三個人唯一相同的地方，是第一次來到英國，唯一可以溝通的語言，是英文。

　　ANN是一個廚藝奇才，她說她不喜歡吃同樣的食物，所以每天總要花心思變化菜色。我永遠不能忘記，有一天早晨，當我走下廚房，準備煎個蛋，夾個麵包當作早餐的時候，ANN正在「調理」她的早餐，而她的早餐是這樣的：一分分切成等長的法國麵包正在烤箱裏加熱，一盒新鮮的草莓水亮嫩紅的擺在餐桌前，餐盤上放著一片白吐司，旁邊還放著一杯剛煮好的熱奶茶，還有一顆鮮綠色的酪梨。

　　「咦？妳喜歡在早上吃酪梨啊？」我好奇的問。

　　「不是，」ANN好整以暇的拿起小刀，以令我歎為觀止的手法，將酪梨放在吐司上，切成一個又一個形狀、大小幾乎一樣的

小方塊，「不想用奶油的時候，偶爾換換口味嘛！」然後她將酪梨丁子均勻的壓平，整片吐司平整的塗上一層黃油。她的刀法俐落宛如雕刻家，她的食材配色宛如畫家，她從烤箱裏拿出法國麵包的樣子，像是一個熟練的保姆在看顧小孩。害得一旁吃著永遠是吐司夾蛋的我，感到自己實在是太「沒有文化」了。

　　ANN非常喜歡講電話，還沒申請裝設室內電話的時候，每到晚上，她總是待在房裏，靜夜裏仔細聆聽的話，你會發現斷斷續續的傳出一陣陣話語、笑聲。我常常懷疑到底是誰在付她的電話費帳單。而ANN則聳聳肩，說她不能一天離開她的手機。

　　我相信ANN一定從講電話裏得到很大的樂趣，因為即使是第一次來到陌生的國度，她一點也沒有怕生的樣子。每天精力充沛的四處發掘新天地，學生會福利、健保登記、家電租賃…大大小小的資訊，她總是我們三個裏面，第一個知道的人。

　　只有一天夜晚，從ANN的房間裏傳來哭聲，聽來像是她正在與對方為了某事爭執不下。雖然我和SERINA都知道發生了一些事，但我們誰都不敢先開口去問。

~～ 退學震撼彈 ～~

一直到隔天早晨，一臉懊惱的ANN告訴我，她念不下去，她要輟學了。

「輟學？」我差點說不出話，「那…妳要到哪裏去？」

「我會先去找工作，然後搬離這個房子。」

「妳要搬家？」我的腦袋一時無法思考。

「這個房子是學校租給我們的，如果我不念了，按照契約我必須要搬家。」ANN冷靜的說。

「但…妳…要搬到哪裏去呢？」我開始有些結巴。

「再看看囉！看到哪裏工作囉！」ANN說得一派輕鬆。

「但是…」我掙扎了半天，還是問出來了：「為什麼呢？」

「昨天我媽媽打電話來，一邊抱怨說香港的經濟愈來愈差，我不應該放棄手上的工作，一邊說希望我在這裏好好念書，認真準備今年底在倫敦的會計師資格考試，」ANN穿著畫著一堆卡通人物的睡衣，紮著個馬尾，再配上稚氣未脫的圓臉，這時候的她看起來實在還是個小孩子。

不過千萬不能小看這個「小孩子」，她可是我和SERINA在廚房的救星，教了我們倆個不少做菜的招數。

ANN端了一杯熱茶，我陪著她在客廳沙發坐下。

「我說一下子要我來念書，一下子要我準備考試，一下子又說不該辭掉香港的工作，到底要我怎麼樣嗎？」ANN說著，眼眶又紅了。

　　「那妳爸爸怎麼說呢？」我小心翼翼的問。看她一臉沮喪，和卡通睡衣實在有點不配。

　　「我爸爸還好，他說沒關係，讓我自己選擇。」ANN一說到這，眉眼稍稍舒展開了。

　　「那妳自己呢？想幹什麼？」我問。

　　她愣了一下，說：「其實我不想念書，我想要工作。」

　　「那為什麼要放棄先前在香港的工作？」

　　「我不想在香港工作，香港的景氣不好。」ANN遲疑了一下，「而且，當時我爸媽又鼓勵我出國念書，我想出來學點新東西也好。」

　　「可是我好累，他們一下子要我這樣，一下子要我那樣，我怎麼可能又念書，又準備考試，又去工作呢？」她又皺起眉。

　　「是啊！妳已經很努力了…」我歎服的說，這句話是有實証基礎的。她一個下午可以繞著市中心，跑不同的地方，買回一個星期的日用品，回家向我們細數什麼品牌價格好、什麼超市貨品齊…我都懷疑她是不是穿著超人裝在市區裏飛來飛去。

　　「那妳爸爸還算支持妳的想法吧！」我只好這樣說。

　　「是啊！」ANN的臉色舒緩下來，「我想我會和我爸爸談一談，之後再做決定。看到底要怎麼辦。」

　　「不過，」她接著說，「我自己是不想念書了，也不想念什麼法律，我想要去工作。如果我爸爸同意的話，我會在這裏找工作。」ANN愈說愈高興，好像已經看到自己在英國順利工作的美好景象。

　　一如往常，當天晚上住三樓的我，又依稀可以聽到從ANN房

裏傳來斷斷續續的話語聲，但是這次沒有笑聲。

隔天早上，又在廚房碰到也是剛起床的她。她還是穿著那套「兒童級」的睡衣，但是她的臉色沒有昨天的沮喪，已經恢復平常，一臉燦然的笑容。

「我已經和我爸爸說過了，他建議我先準備十一月的倫敦會計師資格考，再去找工作。」她笑得很開心。

我也為她高興，「太好了，那妳暫時還不會走吧？！」

「不，我今天就會去學校辦理退學，然後搬到倫敦，住在一個親戚家裏，這樣到考試的時候才不用再跑來跑去。」

「啊！」我真是嚇了一跳。

「我看過學校的規定，退學後一個星期內要搬走，」ANN慢慢的說，睜著她圓圓的大眼睛，「所以我一個星期後就會離開。」

~~ 孟加拉公主 SERINA ~~

香港女生ANN走了。三層樓的大房子只剩下我和SERINA，她住二樓，我住三樓。三人行變成兩人世界，我和SERINA自然而然的、對彼此愈來愈了解。一開始，從SERINA的醫學院背景來看，我原先猜想她既然見過血肉模糊、生生死死的場面，她一定是一個堅強獨立的女生……。

不過事實是，SERINA每天都接到來自孟加拉的電話，不是她的父母打來的，就是她的舅舅、叔叔、姑姑…總之，我感到她每天都向我丟出一個新的親戚名字，害我常常困惑，到底她的家裏總共住有幾個人？

她龐大的家族輪流打電話來探問她、安慰她，看她是否適應留學生活。其中有一次她爸爸打來的電話，SERINA說到一半，將話筒拿給我，我一臉疑惑的接過電話，原來她爸爸是要再三的對我叮囑：好好照顧他的女兒，要把SERINA當個姐妹般的看待，那麼他也就像我的爸爸一樣…我連連說著YES，大約五分鐘的時間，完全是她爸爸的「獨立宣言」。

我們三個人裏面，收到最多家鄉寄來的包裹，向來是她。她的家族持續的寄來生活用品，包括衣服、文具、食物…等等。記得有一次在客廳，我幫她割開包裹，一打開，我們兩個都止不住的狂打噴嚏。原來她家人寄來的各種食用香料，因為裝在沒有蓋嚴的罐子裏，一打開包裹，紅的、黃的、綠的粉末飄得到處都是。我們足足花了一個小時，先用吸塵器清理客廳的地毯，然後才能開始整理包裹裏的瓶瓶罐罐。

SERINA當晚立刻打電話回家，向家人抱怨為什麼沒把香料裝

好、蓋嚴？她高揚的語調，近乎咆哮。我以為她是在和她家的女僕說話，掛上電話，她對我說那是她媽媽。

不過儘管表達方式不同，SERINA和她的家族相當親近，無事不談，做任何決定之前她也會先詢問家人的意見，而且通常家人的意見，都對她有很大的影響力。

ANN走了之後，我和SERINA形式上也和「家人」差不多，很快地愈發熟絡起來。晚餐時間，我們總是聚在廚房，輪流向對方說著今天又發生了些什麼事。

所以我很快就知道了SERINA在孟加拉有一個男朋友，在一起兩、三年，但是因為種種原因，最後SERINA 選擇了離開，而且是用一種不容拒絕的方式。

「我偷偷的申請簽證、安排到英國的一切，除了我父母以外，誰都不知道我到英國來的事。」SERINA得意的說。

「所以妳的男友也不知道？」我有些詫異。

「我前男友一直到我到了英國，才知道我已經不在孟加拉了。」說到這，SERINA的臉色轉為黯淡，「不過，他和他的家族都非常生氣，最近拿著這件事，不斷批評、羞辱我的家族。」

家族、家族，看來在孟加拉，任何個人都連著一個無比龐大的家族。

「大概要過一段時間，他們的心情才會平復吧！」我的心裏隱隱覺得，SERINA臨行前應該告訴她的男友、或說前男友。不告而別，是很傷人心的事。

「可是：…」SERINA左顧右盼，好像想說什麼，又不敢說不出口。

　　「可是什麼？」我很好奇。

　　「好吧！既然今後我們要同住一個屋簷下，我實在是瞞不下去了。每天這樣說謊掩飾，我好痛苦。我決定把真相告訴妳了！」SERINA做出一副如釋重負的表情。

　　愈說我愈好奇了，「到底什麼事這麼嚴重啊？」

　　「我對妳說的前男友，其實是我前夫！」

　　我瞪大了眼睛，不敢相信自己聽到的事實：「妳說什麼？」

　　「我瞞不下去了，說出來真輕鬆！」SERINA望著我，一副就知道妳會大吃一驚的篤定表情，「我現在正在辦理離婚。我的前男友其實是我的前夫。」

孟加拉共和國

孟加拉共和國位於印度大陸的東北方，為南亞的古老民族之一。歷史上的孟加拉，長期與印度同屬一國，十九世紀英國殖民印度時，孟加拉亦是其殖民地之一部。直到印度獨立，孟加拉分為東西兩塊、西部成為今日的巴基斯坦，東部則是今日的孟加拉共和國。

孟加拉氣候濕熱、人口密度世界第一。數百年前，它曾經是南亞大陸經濟最為發達、文化最為昌盛的地區。但至今日時移勢轉，孟加拉龐大的人力資源並未完全轉化為國家成長的動力，目前經濟發展仍然以農業為主，文化及社會發展亦較為遲緩。

因為曾經受英國殖民，國內許多制度沿襲英國，境內也通行英語，到英國求學、工作甚至定居，因此成為許多孟加拉人民的夢想。

~~ 孟加拉婚姻 ~~

　　SERINA和我坐在廚房，她用手抓起充滿各色調味料的咖哩飯，我用筷子享用著我的晚餐：白飯、炒青菜和雞塊。晚餐時刻向來是我們的溫馨「家聚」時光，沒想到今天聽到一個爆炸性的消息：SERINA離婚了！

　　「我和我的前男友…不，前夫，」SERINA顯然一時還無法改口，「我們是在一年半前舉行宗教儀式婚，沒有宴請家人，也沒有告訴朋友。」

　　「啊！」我只有張大了嘴巴，驚訝不已的分。

　　「因為我的父母不喜歡他，所以我們是祕密結婚，雙方家人都不知道。」SERINA微笑著說，南亞女性眼大唇紅，笑起來倍增嫵媚，「妳相信嗎？雖然我們結了宗教，但是為了隱瞞家人，所以我們仍然住在各自的家裏。」

　　「那這樣的婚姻…在法律上是有效的嗎？」我問。

　　「我們宗教上的規定是，三個月沒有夫妻之實，就算是離婚。」SERINA繼續說，「我也問過律師，他說最難的部分，是如何舉證。」

　　「所以妳跑到英國來，這就是最好的證明了。」我不禁佩服起SERINA周延的計畫了。

　　「是啊！在我們國家，女性要離婚是很難很難的，」SERINA特別強調，「不但她的丈夫不會同意，她公婆的家族不會同意，連她自己娘家的家族也不會同意。」

　　「所以在孟加拉離婚的話，要有心理準備對抗來自好幾個家

族的壓力？」

「還有來自社會的眼光與壓力。」SERINA補充說，「反正，女性要離婚是很困難的，但是老公主動要和老婆離婚就容易多了。」

「啊！那不是很不公平嗎？」我心想，比起來台灣的情況算是比較好的了。

「對啊！在我們的國家，離婚是一件很大很大的事。」SERINA怕我不明白似的，一再強調，「在孟加拉，女性離婚不僅難，離婚之後也很難謀生，而且通常都爭取不到小孩的監護權。」

「那妳當時和妳父母說的時候，一定承受了很大的壓力？」我深深同情南亞女性的處境。

「不，」SERINA搖搖頭，「我的情況和大家不一樣，我是非常幸運的，一開始我父母並不知道我和那個男的結婚了，我是等到決定離婚的時候，才告訴他們我已經結婚這件事。」

「所以他們也和我一樣？聽到妳離婚才知道妳結了婚？」

「對，」SERINA點點頭，「不過我很幸運，我的家人聽到我要離婚的決定，不但沒有指責我，反而盡全力幫助我。」SERINA說到這裏，抬起頭來，神情又是驕傲又是感激。

「他們幫我打理到英國留學的一切，幫我隱瞞消息以免讓我前夫知道，現在又幫我承受對方的責難…」SERINA愈說愈激動，「說真的，我的家族是全孟加拉最好的家族了。」

聽完這樣的故事，我也不禁點頭同意，SERINA應該算是很幸運的。

「誰叫我是獨生女嘛！我又那麼固執，所以我父母也沒有別的選擇囉！」SERINA自嘲的說。

「那現在妳的家人都還好嗎？」我想，要承擔男方家族的責罵與怒火，應該很不好受。

「我的前夫和他的家族，用各種惡毒的話詛咒我和我的家族，」SERINA說得怒火中燒，「說我們欺騙他們、詛咒我永遠結不了婚…我想我的家人一定很難過，可是每次打電話來，他們都和我說，別擔心，好好在英國生活，這件事他們會處理，」SERINA說著說著，掉下眼淚，「我都不知道該怎麼說，這是我自己犯下的錯，卻由我的家人承擔…」

「不過，妳是一個非常幸運、受人疼愛的女孩。」看她如此傷感，我試著轉移話題。

SERINA轉淚為笑，「是啊！擁有這樣的家人，我是全孟加拉最幸運的女孩子了！」

孟加拉婦女地位與宗教

　　隔鄰的印度信奉印度教，孟加拉則是伊斯蘭國家，人民絕大多數信奉傳統可蘭經教義。和男性相比，孟加拉婦女地位極為低落。近年來隨著經濟發展，有機會接受西方教育的婦女，愈來愈多，也開始懂得爭取自己的權益，但多數的孟加拉人民仍然遵守傳統男尊女卑的原則，甚至認為「女權」是西方文化殖民的觀念，孟加拉人民應保衛自己的傳統文化價值。

　　因此，若有機會遇上旅居英國的孟加拉人，可以透過與他們的談話發現：孟加拉男性多半只是到英國求學、短期工作，學業、事業告一段落後仍想回到孟國定居；但孟加拉女性則大部希望能永久定居英國，因為就算身在異鄉，英國提供予女性發展的空間，仍然遠比自己的國家寬廣。

~～ 搬家大戰首部曲 ～~

今年二月初，我剛結束寒假回台探訪親友之旅，趕回英國準備第二學期的開始。從亞熱帶的天氣一下子跳到落雪的英倫，第一個禮拜結結實實的籠罩在鄉愁與嚴寒裏。當我還沒來得及適應這裏下午四點就天黑的冬天，馬上又發生了一件意外中的意外。

事情是這樣的：某一天我坐在我三樓的房間裏打電腦，忽然聽到有一群人在一樓客廳裏吵吵嚷嚷。下樓一看，只見一個穿著整齊的英國男子，正在向一群人介紹這房子的種種。這一群人膚色各異、有黑有白，但是清一色都是男性。一下子，家裏的客廳和廚房擠滿了陌生男子。

那個帶頭的英國男子見我下樓，立即向我解釋，他說他是這棟房子的經理（property manager），也就是代理屋主管理、利用這棟房子、並從中抽取佣金的人。因為以保守內斂著稱的英國屋主多不願直接面對房客，所以這種代理屋主應付第三人的行業，在英國甚為流行。他的名字叫史考特。

「最近屋主有意出售這棟房子，這些人有意要買，所以我帶他們來看看。」史考特面帶微笑的說，我聽了卻一點也笑不出來。要是賣出去了，我和室友難道要流浪街頭了嗎？

「可是我們和學校的租約打到今年七月為止呀！如果有人要買這棟房子，難道我們就要被迫搬出去嗎？」我惶恐的說。

「是這樣的，這房子是學校向屋主租下，再租給你們的。所以學校並不是屋主，沒有權利干涉屋主處分房子的決定。」史考特用非常禮貌的口氣向我解釋狀況，但是他講的內容可沒有他的口氣那麼宜人。

「沒有別的辦法嗎？」我著急的問。

他眼睛一轉，特意把我拉到一旁說話：「你們真的想繼續住在這棟房子嗎？」

「當然啊！」我大力點頭，向他解釋我已經裝設電話、網路等設備，搬家對我是不可承受之重。

「這樣啊…」他側著頭，好像正努力為我想解決之道：「我有辦法了！這房子有四個房間，但現在只有兩個人在住是吧！」

「是啊！原來另一位室友輟學搬走了。」那是ANN，開學兩月內離我們而去的生活專家。

「只要你們能找到兩位新室友，讓這棟房子充分利用，我保證你們可以繼續住下去！」史考特拍拍胸脯說。

我聽了皺起眉頭，現在又到哪裏去找兩室友呢？經過了第一個學期的流浪，多半的學生都已找到定居所了。

史考特帶著他的潛在客戶群逛了房子一圈，臨走之前，不忘叮囑我：「記得找新的房客哦！愈快愈好，拖太久了，這棟房子可能會很快出售，我就不能保證你們可以繼續住這裏了。」

孟加拉公主SERINA回來之後，我向她說明情況。兩人開始煩惱，上哪兒去找兩位個充數的房客？當初ANN走的時候，我們還為兩個人可以享受四個人的空間，感到幸運不已，沒想到禍福難料，現在找新房客的責任反而落到我們身上。

夜色降臨（其實不過就是下午四點半），也許有沉澱人心的效果，白天的驚慌情緒過後，我忽然覺得愈想愈不對。我開始檢查和學校的契約影本，發現上面清清楚楚的寫著租約至「六月底止」。我立即打電話問幾個英國當地的朋友，他們一個個異口同

聲的說：只要有這本契約在，沒有人可以強迫我在租約到期前搬出去。

現在只差沒有學校的肯定答覆了。至此我已經有八、九成的把握，史考特是居心不良的仲介商，意圖欺騙外國學生。因為這房子能收的租金愈多，他能賺取的佣金也愈多。

隔天一早，我打電話給學校的住宿組，說史考特帶人來看房子的事。住宿組人員一頭霧水的說：「有這種事嗎？我們不知道呀！照理說仲介經理要帶人去看房子，應該先跟我們說一聲的啊！由我們來通知學生一聲才對。」

「他還說，我們要找到兩個新房客，才能繼續住下去呢！」我開始向學校打小報告了。

「他這樣說嗎？」住宿組人員口氣略顯不滿：「這是不合法的要求，他不應該這樣對你們說。」

「可是他確實是這樣說的啊！」因為對史考特心存不滿，我刻意加重語氣。

「他這樣做是不對的，我們會給他一個警告。」住宿組人員斬釘截鐵的說。

聽到這樣的答覆，我總算是放了下一顆心，也算是滿意了。給史考特一個教訓是應該的，誰叫他為了賺取佣金，不擇手段的恐嚇兩個無知的外國學生？

又隔了一個禮拜，我收到從史考特公司寄來的提前通知，說明後天下午三點整他將會帶人來看這棟房子。

當天，史考特果然帶著另一群人馬浩浩蕩蕩的來了，見到我，他臉色有些尷尬，口氣比上一次來的時候還要客氣，說：

「請問你們有接到我們的通知吧！」

「是啊！」

「我是帶這些人來看房子的。」他謹慎的說。

「請便。」我說。

「妳確定嗎？」史考特一再重覆的問，「妳確定這不會打擾妳們吧！」

「不會不會。」我一臉正經的搖搖頭，心裏忍不住偷笑，想必史考特已經從學校方面得到「警告」了。

事情到此，算是告一段落了。但是，七月轉眼就到了，搬家又迫在眼前，我和史考特的大戰還沒完呢！下期待續吧！

英國房屋仲介制度

英國的不動產仲介是相當流行的行業，大多時候想租房子的人，從頭到尾不會遇上真正的屋主，往往只是和仲介業者打交道。仲介業者的優點，是提供一個相對公開、透明的租屋市場，讓消費者不用走到腿軟、也有選擇比價的空間，而屋主也不用直接面對煩瑣的簽約談判事項，反正一切形諸於仲介業者的定型化契約。

從大的方向來看，不動產交易往往事關重大，有仲介業者為契約雙方把關，的確能夠減少屋主的煩惱、也能確保房客享受應有的權益。當然，有時也會遇上幾個「無良」的仲介經理，所以房客還是要張大眼睛、自立自強啦！

~～ 仲介經理交手記 ～~

有了上次與史考特互動的不愉快經驗，我和孟加拉公主一直惦掛著七月來時，我們就要搬家的事。於是從四月中便開始匆匆忙忙的找房子。

說到找房子，其實剛好有兩個床位的房子不多，容易租得的大部是四至五個空房的獨棟房舍，所以我們開始詢問周遭友人，是否有一起分租的意願。

孟加拉公主班上有一個來自印度的同學，是一個長相英挺的印度男生，帶著美麗的太太一起到英國留學。因為課餘常常來我們家裏閒坐話家常，分享國際學生的甘苦，所以漸漸的熟了起來。

這個印度男生的名字叫做阿濟，也是醫學院畢業，據說家裏有好幾個親戚，是印度部長級的高官，家財萬貫。太太名字叫做比洛絲，家裏也頗有資產。比洛絲拿著國外MBA的學歷，夫唱婦隨，甘願待在英國，幫阿濟煮飯洗衣，羨煞其他一票單身學生。

阿濟和比洛絲也擔憂著房子的事，於是我們四個人決定一起找房子。一開始，看了幾間房子，有的位置佳但是裝潢老舊、有的設備新卻空間狹窄…就這樣優缺點參半，出身富裕的比洛絲都不滿意，所以房事就這樣擱了下來。

一直到有一天，我們的英國朋友費娜告訴我們一個好主意，她說：「英國學生到了暑假，不是去度假，就是回老家去了。這個期間房子供多於求，多半租不出去，你們為什麼不問問學校可不可以讓你們在暑假期間續租這房子呢？這樣你們就不用搬家了。」

這真是一個絕佳的主意，於是我隔天立刻問了學校，學校說要找屋主直接談判。不過，正如前情所提，屋主不會直接出面，只能透過仲介經理。那也就是說，我們要和屋主的仲介經理史考特先生，直接交手了。

找了一個天氣晴朗的午後，我和孟加拉公主千里迢迢，憑著地圖走到史考特的公司。左顧右盼，幸運的是，史考特恰好不在，我們向在場的一個職員解釋狀況，詢問有無續租的可能。

那個職員按照仲介的規定，打電話給屋主徵求同意，得到屋主的首肯。於是他拿著一分範本契約書，詳細跟我們解釋租約的規定。

最後，他說：「如果沒有問題的話，請在這分契約上簽上你們的名字吧！」並將筆遞給我們。

我們孟加拉公主沒有想到事情竟然如此順利，連忙拿過筆準備簽下契約書。誰知這時遲那時快，史考特進門了，他眼睛一掃，就看到了我們兩個人。

「等一下！」史考特打斷我們的對話，搶過那分契約書，說：「這件事我來處理！」

那個職員唯唯諾諾的退開了，顯然史考特在這家店裏的地位頗高。

「你們確定都沒有問題了嗎？」史考特翻著契約書，好像不經意的發問。

「是啊！」我們異口同聲的回答，只盼他把契約書趕快給我們，了結一樁大事。

「那…」他眼睛骨碌碌的轉，「你們都找好室友了吧！」

「什麼室友？」我們聽了都大驚失色。

「這個房子有四個房間，」史考特指著牆壁上一幅租屋廣告，上面寫著「本棟共有四個房間，週租金共180磅」，「所以你們應該總共要有四個人一起住，要不然…」他往旁邊看，避開我們的眼光，「你們選擇兩人分擔總租金，一個人90磅也可以。」

「什麼！90磅！」孟加拉公主嚇壞了，「不可能！我付不起！」

「那你們找好室友了嗎？」史考特好整以暇的問。

「沒問題，沒問題！」孟加拉公主被90磅的天文數字嚇得團團轉，拿起電話就要撥給友人。

「等一等，」我的心裏覺得非常不對勁。

「你們趕快決定吧！」史考特無情的繼續施壓，「你們知道現在很多學生也在找房子，再晚一點，我就不能保證這棟房子會不會給別人租走了。」他避開我質疑的眼神，只對著孟加拉公主說話。

孟加拉公主轉向我，臉色寫著焦慮，她完完全全被史考特的話震住了，「我看我們應該今天就簽約，避免別人租走我們的房子，然後找阿濟他們一起來住了。我不可能付得起90磅。」她一邊說一邊撥手機。

「喂！妳等一等，這件事情根本就不對！」為防一邊的史考特聽到，我將她拉到另一旁，小聲的說。

「什麼不對？」她焦躁的問，而電話似乎已撥通了，她開始專注和友人通話。

　　我猜想當時如果有一面鏡子，讓我看到自己的臉色，相信不會太好看。

　　史考特見孟加拉公主開始行動，而我呆站一旁，無法可想，知道事已成定局，開開心心地、吹著口哨出門了。

　　我只好趁孟加拉公主講電話、而史考特又不在的空檔，向店裏其他的職員探話。

　　「是這樣的，現在臨時要找室友很難哩！而我們兩人又無力負擔整個房子的租金，所以拜託能不能讓我們單獨簽約呢？」我向公司裏一位看起來比較溫和的中年女性，以乞求口吻的問。

　　「這個…」她似乎有些心動，停了一下，「這個恐怕不行，因為剛剛我們經理已經說過了，我們不會單獨簽約，要租一定要租下整個房舍。」她還是友善的拒絕了我的提議。

　　不過我並不放棄，「我知道這是貴公司的政策，可是我們找不到室友，實在不敢就這樣簽下整棟房子的契約。而不儘快簽約，這房子又可能被別人租走。這樣我們真的是很為難，有沒有可能，讓我們單獨和屋主聯絡，請求他讓我們單獨簽約呢？」

　　「這個…恐怕不行，你知道屋主就是委託我們處理，我們不方便透露屋主的聯絡方式。」她還是拒絕了。

　　我皺著眉頭，絞盡腦汁，卻說不出新的話來。

　　雖然無計可施，至少，今天絕不能就這樣簽下契約，那等於是給了史考特的詭計不可動搖的法律效力，可是看來孟加拉公主為了怕別人捷足先登，已經決定要馬上簽約了。

　　「這樣吧！」我靈光一閃，「我們真的不想搬離這棟房子，可是臨時找室友真的是很困難啊！而且我們也沒有把握是不是一

定找得到…所以，能不能給我們一段期間找室友，這段期間請保留這棟房子，不要租給其他的人。」

　　「妳這樣說也是有道理…」她側著頭想了一想，「那就給你們兩個星期的時間吧！」我向那位女職員道謝，也向孟加拉公主解釋了一下我們有兩個禮拜的緩衝期。然後，事情看來是暫時終結了，是該離開這家店的時候了，我卻有種腳累到抬不起來的感覺。

申請學校宿舍注意事項

　　到英國之前，校方通常會請學生先填好一張「住宿申請表」，以便及早為學生安排宿舍。學校提供的宿舍大體上分為兩種：一種是學校自建的集中營式建物，通常座落於校區，有些有附三餐，但通常優先由大學部學生入住；另一種是與校外仲介業者合作，由校方向業者承租，再由校方轉租予學生，房屋大概離學校不會太遠，研究所的學生則較常被分發在這些各自散落的宿舍。

　　就屋況選擇上來說，學生可以選四到五人一間的「公寓」式雅房，優點是氣氛溫馨，缺點是大家共用廚房、衛浴設備，且如果和室友相處不好，日子可就難過；也可以選個人單間套房，雖然獨立隱密，但是也較為孤單，且房價相對較高。

　　此外，也有學生三五成群，自行透過當地仲介找房子承租。不過要注意的是，最好不要找原先在國內就認識、或全是同一國籍的人住在一起，因為那會將留學的生活圈愈縮愈小，失去了擴大眼界與提昇國際觀的機會哦。

~～ 告別120小屋 ～~

話說上次被史考特整得慘兮兮，比洛絲和阿濟、孟加拉公主和我，四個人盤算著是不是要一起租下這棟房子。

但是大家對價錢都不甚滿意，一來是比洛絲和阿濟暑假計畫共遊歐洲列國，實際上待在英國的時間並不多，對他們來說，一個能放雜物能睡覺的小房間就已足夠；其次是我和孟加拉公主，原本和學校訂的是單房契約，各付各的週租金56磅，現在若訂下共合契約，多了兩個人，卻由三個人（阿濟夫妻算一個）分擔四房租金，反而是更貴了。

再加上不恥於史考特強迫推銷的態度，大家也就懶懶的，誰都不急著就這樣簽下契約，讓他稱心如意。幸虧還有兩個禮拜的緩衝期，於是大家一邊觀望，一邊繼續注意有沒有更好的房子。

這段期間，不知道阿濟夫妻有沒有新的進展，我和孟加拉公主透過網路，倒是找到幾個看起來不錯的房子。一一過濾，剔掉地點太遠的、房價過高的、出租期間不合的……發現有一則出租廣告似乎十分理想，三層樓的屋子，剛剛裝修完畢，現有四個英國學生同住，暑假期間有兩位會搬離，所以恰好空出兩個床位。最重要的是，是這房子離我現在住的地方走路十分鐘就到了，也就是說，不但搬家方便，我們也不會脫離熟悉的環境太遠。

我和孟加拉公主看過房子之後，對格局方正的房間以及裝設完備的客廳及廚房，大為滿意，隔天就簽下契約，繳了定金，總算鬆了一口氣，不至於在暑假成為無家可歸的流浪兒。

原本以為為搬家煩惱到此當一段落，沒想到幾天以後，事情又急轉直下。原來阿濟和比洛絲這段期間並沒有找到合意的房

子，正為暑假的房事憂心。而孟加拉公主竟沒有告知他們，我們找到新房子的事，反而先告訴了班上其他同學。

一直到阿濟和比洛絲從別人的口中知道這個消息，兩個人都很不高興，尤其是阿濟，特特的打電話給孟加拉公主，斥責她沒有朋友道義。

掛下電話，孟加拉公主眼淚快要掉下來：「這又不是我的錯，我也希望他們會找到合意的房子啊！」

我不知道該說些什麼，只能說雙方在認知上有落差。阿濟認為大家原先一起看房子，代表患難與共，要搬一起搬，不應該讓他們落單。孟加拉公主則認為當天在史考特的辦公室契約沒有簽成，這件事就算是破局了，重新開始，各自努力，誰都不負責對方。

結果我成了夾心餅乾。雖然一直以來，由孟加拉公主負責與阿濟夫妻聯繫，所以最嚴厲的砲火不是對我，但是阿濟和比洛絲為了這件事，再也不來我們的120小屋（我們的門牌號碼）閒嗑牙了。

就這樣，我們找到了新房子，卻失去了一對舊朋友。

~～ 新家新開始 ～~

搬進新家，真是百廢待舉，房裏堆滿了紙箱與雜物，地毯上盡是腳印與灰塵，原來的房客匆匆離去，留下一些不知道該丟還是該留好的個人用品。當初來看房子的時候，記得是一間嶄新油漆、家具齊全的房間，不過，現在看起來，怎麼樣都像是打過一場大仗之後的難民營。

我和小孟（孟加拉公主）一整天忙裏忙外，由白天忙到晚上，拆箱、整理、掃地⋯好不容易將房間稍稍弄成像是人住的地方。

忙了一天，看著房間大致有序，心裏充滿了「災後重建」的成就感。我坐在房門口的階梯上，正想放鬆放鬆的時候，對門的小孟探出頭來，問：

「喂！你整理好房間了嗎？」

「差不多了吧！」我說。

小孟左右一望，忽然壓低了聲音，神神祕祕的說：「你見過我們的新室友了？？」

「當時來看房子的時候，不就見過了嘛！」我說，這房子原來住有兩男兩女，都是英國人。搬走的一男一女原住在二樓，另外一對住在三樓。我和小孟接著搬進二樓。

「喂！你知道，原來住二樓的那兩個人是『一對』吧！」小孟特別強調「一對」兩個字。

「是啊！我想另外兩個人，」我指指樓上，「也是一對情侶吧！」

「是嗎？妳這樣覺得嗎？」小孟湊過來我的房間，「那萬一不是呢？」

我被小孟問得一愣。從第一次來看房子的時候，我就隱約覺得那兩位要搬走的房客應該是一對情侶，小孟卻說不見得，兩個人為了這件事還討論了半天。直到之後搬進新家，從新室友的口中得到確定的資訊，小孟才放棄和我爭辯。

而我的心裏直覺認為，既然搬走的那一對是情侶，留下來的這一對應該也是吧！現在被小孟一問，想想好像也不定。

「哦！我也不確定哩！」我搖搖頭說，「我只是覺得他們應該也是一對。」

「搬進來後，妳有沒有和我們的新室友打過照面？」小孟問。

「還沒。」老實說，今天忙得頭暈腦轉，搞不好就算新室友從我旁邊經過，我都沒有注意。

「那妳一定還不知道這個消息，」小孟得意的說，「我今天和新室友聊過天了。樓上那兩個人，男的叫克里斯，女的叫海琳。」

「嗯，然後呢？」

「克里斯說海琳回倫敦的老家度假去了，兩個禮拜之內不會回來。」

「嗯，那又怎麼樣？」我還沒有搞懂小孟的意思。

「哎！你真是！」小孟刻意關上了房門，說，「所以這個房子，短期之內只有我們兩個女生和一個男生一起住了！」

「啊！」原來是這個！

「我告訴妳啊！我的男朋友說，英國人都很『開放』，和我們亞洲人的想法、價值觀都大大不同。所以他叫我們要小心一點，不要給克里斯錯誤的訊息。」小孟嚴肅的說。

「啊！」原來小孟是要跟我說這個，我有點哭笑不得，「可是你的男友也在英國待了十多年啊！拿的也是英國護照，我看他也沒有什麼問題啊！」

「我男友那可不一樣，他可是原來在孟加拉長大的，二十歲以後才來到英國，他的想法還是孟加拉那一套。」小孟肯定的說。

「好吧！我會小心的。」我不置可否的說。

「算了，妳還沒有跟克里斯說過話吧！妳去跟他打個招呼吧！這樣妳就會了解我的意思了。」小孟一副朽木不可雕的神情，回房間去了。

雖然不太相信小孟那一套，但被她這樣一提，我想到我確實應該和克里斯打個招呼，於是走上三樓，敲敲克里斯的房間。

「哈囉！」克里斯打開房門，滿面的笑容，他大約有一百八十公分，高瘦的身材，五官分明，其實在英國人裏面，算是好看的。

我掃了他的房間一眼，看到滿滿的VCD與CD，角落還擺著一台電腦與電視，看來克里斯熱愛音樂和電影。

「哈囉！希望我沒有打擾到你哦！」我看到正在播放的電視，擔心我是不是中斷了他的休息時間。

「不會不會，」克里斯馬上關掉電視，「你們剛搬進來，一

定有很多的問題，不要客氣，我會儘量幫忙。」

因為克里斯的熱心態度，我也就放心的請他帶著我看了一趟廚房、浴室、地下室…等等公共設備。

克里斯就像是一個盡職的導遊，有問必答，而且問一句答十句，絕不冷場。最後他帶著我看了冰箱的空間配置，並親切的問：

「對了，明天我要去購物中心買菜，你有沒有需要什麼呢？」

我搖搖頭：「謝謝你的提議，不過明天我也要去購物中心，所以沒有關係。」其實他的提議可謂深得我心，搬一次家，食物丟得丟、爛得爛，明天又很忙，其實有人願意幫忙採購可是求之不得。只是，我的心裏還存有傳統東方人的觀念---不要隨便接受陌生人的幫忙。克里斯雖然是我的室友，畢竟認識還不到一天，雖然心裏知道他是好意，但我還是忍痛拒絕他了。

克里斯頓了一下，說：「好吧！不過，要是想到需要什麼的話，都可以再跟我說，沒有關係。」

「當然當然…我不會客氣的。」我心口不一的說。

克里斯回房去後，小孟立刻衝進我的房間，關上房門：

「喂，你覺得怎麼樣？」

「啊！什麼怎麼樣？」

「妳剛剛不是和克里斯說過話了嗎？覺得怎麼樣嘛！」

「哦！這個啊！我覺得他…」我歪著頭在想形容詞，「他非常友善。」

小孟賊賊的笑了，「非常友善，是吧！現在你相信我的話了吧！」

~~ 英國紳士克里斯 ~~

話說克里斯對我和小孟超級紳士，出門總不忘問我們需要什麼，順路的話他可以幫我們跑腿；家裏保險絲燒斷了、門鎖壞了…零零總總的雜務，總是一叫他，他就會下樓幫忙。

因為是第一次有機會貼身觀察英國人的生活，小孟對研究克里斯的個性很有興趣，再加上小孟的男友對女友和一個高大英俊的英國人同住十分吃味，不斷灌輸小孟英國人生活糜爛的觀念，小孟受男友的影響，也開始懷疑克里斯是不是別有用心，於是頻頻私下和我討論。

有一個星期五的晚上，當我和小孟坐在客廳裏閒嗑牙時，克里斯進門，兩頰微紅，明顯是喝了酒。

「咦？妳們兩個星期五晚上都沒有活動啊！」克里斯見我們都在客廳，也在沙發坐下，問。

「我們是國際學生，又不像你們英國學生有很多本地的朋友，星期五晚上只好看電視解悶囉！」小孟搶著說。

「真的啊！早說嘛！那下次我去pub ，如果你們有興趣的話，也可以和我一起去啊！」克里斯說，原來今晚他是和朋友上pub喝酒去了。

「咦？那你們都在pub 做些什麼啊！就喝酒、聊天嗎？」我問了一個很呆的問題。

「在pub啊！看是什麼pub囉！有些地方就是給你和老朋友聊天、喝酒用的，有些地方嘛，主要是去認識『新朋友』。」克里斯對我們眨眨眼。

「認識新朋友？」我和小孟異口同聲的問。

「對啊！」克里斯談興來了，「像我和瑪麗，就是六年前在pub裏認識的，她已經喜歡我六年了，」他擺擺手，「但是我對她一可是點興趣都沒有。」

「六年？」我嘴巴張大，都快合不攏了。一來克里斯突然大爆內幕，二來是一個女生可以持續喜歡一個男生達六年之久，毅力也蠻驚人的。

「對啊！」克里斯擺擺手，好像這不算什麼，「還有另一個安娜，也喜歡我三年了，去年聖誕節的時候，她跑來跟我告白，我還真嚇了一跳，因為那時她還有男朋友呢！」

「啊！那個男朋友還真可憐啊！」我結結巴巴的說。

「我也替她男友擔心哩！」克里斯說，有一絲掩不住的得意。

「那你有沒有喜歡的人呢？」小孟問。

「有啊！」克里斯的臉色突然轉為懊喪，「只不過我這個人啊！總是很容易就和女性成為好朋友。而你知道嘛，這年頭，沒有人願意拿友誼冒險，只要一和對方成為好朋友，就很容易被拒絕，因為大家都擔不起愛情失敗、友誼也落空的風險。」

「來啊！到我房間來看看，我有那些女生的照片！」可能因為喝了酒，克里斯顯得興緻高昂。

「好啊！」我還來不及說話，小孟就答應了，而且對我擠眉弄眼，非要我和她一起上樓不可。

到了克里斯在三樓的房間，其實有點驚訝，因為就一個男生而言，他的房間實在非常整齊，不只乾淨，每樣東西都井然有

序，搞不好比我的房間還整齊呢！

　　牆上貼了滿滿的照片，克里斯一一向我們解釋，誰是他喜歡過的人，被哪一個男的追走了；誰又是喜歡過他的人，現在又是如何如何。

　　他的話匣子一打開，好像就停不了，大約有一個半鐘頭的時間，我和小孟都在聽克里斯說他週遭複雜的人事關係，而且只能插進一兩句問話。

　　好不容易等他介紹完了許多複雜的情史，我正想鬆一口氣，回自己的房間的時候，沒想到克里斯的談興還沒有完，「喂！等一下嘛！你們要不要看看我的錄影帶和cd收藏？」

　　我和小孟對看一眼，有點騎虎難下的感覺。但還來不及說不，克里斯已經將他床邊的抽屜打開，裏邊有滿滿的cd片。

　　「你們看，如果有喜歡的音樂專輯，就拿空白的磁片給我，我可以幫你們拷貝。」克里斯笑著說。

　　「謝謝，真是十分感謝！」

　　我和小孟的謝語還沒說完，克里斯又拉出好幾擺在屋角的箱子，裏面滿滿的都是錄影帶。

　　他開始介紹哪個影片好，哪些影片不可錯過。又是半個小時過去了，我忍不住拉著小孟退到門邊，說：「啊！你的收藏品真豐富，不過一時半刻實在看不完，要不然下次有機會，我們再到你房間來參觀吧！」

　　「好啊！」克里斯說，「你們要是喜歡看什麼錄影帶，就儘管跟我說。反正我有錄影機，你們可以到我房間來看。」

　　「到…你房間看嗎？」小孟的聲音提高了八度。

「對啊！」克里斯說得很自然，「別那麼見外嘛！我們是室友啊！就算我不在的話，你們也可以到我房間來，自己拿錄影帶出來看，沒有關係的。」

「真是謝謝你啊！」我一邊說，一邊一腳已經踏出了門外。

「啊！你們還沒有看到我的大學畢業證書呢！」克里斯又起了另一個話題。

他拿起放在書桌，一張註明他以第一級優秀成績畢業的證書。

「哇！你一定是個好學生。」我開始說一些不知所云的廢話了。

「你看，」克里斯指著證書上的姓名，「我的姓在英國人裏面很少見，其實大有來頭哦！這是一個法國姓，可不是英國人的姓哦！」

原來克里斯有法國血統，雖然不知道那是幾代以前的事，不過依歷史看來，英國曾經被法國人統治過，法國也長期在歐洲居於領導地位，以前的英國貴族還以說法語為榮呢！有法國人血統，對英國人而言，應該是一件光榮的事。

「還有，我的祖先曾經和美國某一任總統有親戚關係。」克里斯又說。

「啊！美國總統嗎？」我還沒來得及消化克里斯的法國血統，又來了美國總統。

「所以你是藍血人囉！」我說。（註：blue blood在英文是貴族血統的意思）

「沒錯！」克里斯對我的結論頗為滿意。

　　當克里斯又提起最近即將在本地舉行的一個音樂節，並問我們要不要去的時候。我終於下定決定，拉著小孟走出門外，一邊說：「謝謝你讓我們參觀你的房間。下次再聊吧！」

　　「別忘了，你們隨時可以向我借錄影帶或cd哦！」克里斯最後不忘提醒我們。

　　走下樓，我看看錶，這趟「參觀之旅」足足有三個鐘頭！

英國的王室與貴族

　　相信大家對於前不久查理王子和相戀多年的情婦卡蜜拉結婚的畫面，記憶猶新，或許也有許多讀者是威廉王子和哈利王子的粉絲^_^。英國的王室有極為悠久的傳統，雖然時至今日，王室已經沒有政治實權，但大多數的英國人民，仍然贊成用全國人民的稅金、來維持王室的存在。因此，貴族這個在台灣社會僅僅用做形容詞的字眼，在英國可還是活生生的社會名詞。

　　英國貴族有兩種：一種是世襲貴族，以皇親國戚的血統為主，一代傳一代，延續不絕；一種是終身貴族，由王室封給有特殊貢獻或傑出表現的平民，因為是強調生前的表現，死後無法由子女繼承。不過，即使是世襲貴族，因為人數眾多，且無法享有從前的特權，所以除了身分不同以外，生活水準其實也和一般人沒有太大差別。

~~ 東西文化大不同 ~~

隔天一早，我在一樓的客廳吃早餐，正好見到克里斯下樓，行色匆匆，似乎正要出門。

「哈囉！早安！」我說。

「早安！」克里斯簡短的說，然後接著一句「再見！」說完頭也不回的走了。

我心裏覺得有些納悶，這太不像往常的他了，就我對他的了解，只要丟出一句早安，應該會有至少持續三分鐘的回應才對。

『或許他有什麼急事要處理吧！』我一邊咬著吐司麵包，一邊心裏想著。

但是這一整天，克里斯都非常反常，見到我總是頭也不抬，快速的走過。偶而丟過來一句「哈囉！」，雖然是問候語，卻不像是有問候的意思，因為他總是說完以後就急急忙忙的走開，不容我繼續對話。

我開始好奇起來了，問小孟是不是有同樣的感覺。

「沒有啊！」小孟說，「他對我還是很友善啊！」

我告訴小孟我今天遇到的奇特狀況，小孟眼睛睜大了，「是嗎？怎麼會這樣？」

不過沒多久，小孟就從自己的經驗裏得到證實了。我們三個人一起在客廳或廚房的時候，克里斯仍然很多話，不過只對著小孟一個人說。至於只有我在的時候，克里斯則是能躲則躲。

剛開始我還試著打開話匣子，參與他倆的話題，不過這實在

是一場實力懸殊的拔河，只要我試圖加入的時候，克里斯的英文就會愈講愈快，連珠砲似的句子從我頭上飛過，往往像是天邊呼嘯而過的飛機，抓都抓不住，只聽到一陣轟轟的聲響。

處在中間的小孟有些尷尬，總是儘量左兼右顧，但是過了一些時候，我的心裏也懶了，只要看到克里斯出現，我也冷漠以對。

這一天晚上，為了感謝搬家時英國朋友費娜的幫忙，我和小孟聯手煮了一頓豐盛的晚餐，邀請費娜到新家吃飯。

「嗯！這個牛肉好吃，那個雞肉也不錯，還有這盤炒青椒看起來色彩很鮮艷！」費娜一邊吃，一邊稱讚我們的手藝。她是一個非常有教養、心地非常善良的典型英國淑女，大約三十五歲左右，是一個物理治療師。還沒有結婚，自己有一棟舒適漂亮的大房子，三不五時雲遊四海，尤其熱衷參與海外志工團的服務。她曾經兩度到孟加拉當地的醫院參與教學與治療，所以認識了小孟的雙親，所以認識了小孟，然後是我。

「對了！你們在這個新家適應得怎麼樣了？」費娜總是不忘關心我們的狀況。

「一切都還算上軌道！」我和小孟異口同聲的回答。

「那，你們的新室友怎麼樣呢？」費娜問。

我和小孟對看一眼，聰明的費娜早就看出這裏面另有文章，她看看我、看看小孟，好像要挑一個出來好好拷問。

我心想費娜跟我們認識這麼久了，而且我也可以信任她的人格，所以跟她講應該沒有關係。於是我就哇啦哇啦的將克里斯的事，從他的友善、到他的情史以及最近的態度轉變，像報流水帳似的報告一遍。

「不會吧！我記得幫你們搬家的時候，曾經和克里斯打過照面，他看起來很有禮貌、很友善啊！」外表溫和的費娜，心裏其實很有主見，這一次她顯然也有自已的判斷，不太相信我的感覺。

「可是，那天他從pub 回來以後，隔天他的態度真的有一百八十度的大轉變啊！」我還不死心的堅持。

「不會吧！我覺得你想太多了！」費娜果決的說，「其實在我的經驗，有些人就是會告訴初次見面的人他的感情歷程，這在英國並不奇怪，這只是他對你們表達友善的方式罷了！」

「我建議你們可以找一天，煮你們的拿手菜，請新室友吃一頓晚飯，大家好好聊一聊，應該會對建立感情有幫助。」費娜提出一個建議。

看費娜信心滿滿，認為這是東西方的文化差距所致，我的信心有點動搖，懷疑是不是自已想太多了，以東方的眼光在檢視一個西方人，難免牛頭不對馬嘴。搞不好克里斯真的只是單純的比較喜歡與小孟說話罷了。

所以我真的依照費娜的建議，找了一個機會，邀請克里斯吃飯，他看來有些訝異，不過很快的答應了。

在餐桌上，我努力的去想費娜的話，提醒自已克里斯是一個友善的英國室友，不要用我習慣的文化背景去誤解他。於是我努力的和他聊天，並且不管他說什麼話，都儘量把它想成「這沒有什麼意思，只是他表達友善的方式」。

奇怪的是，這個方法顯然有神奇的魔力，克里斯也轉變了態度，和我愈聊愈起勁了。

東南西已扯了一陣，克里斯忽然停頓了一下，說：「其實我這個人是很敏感的。」

　　我嚇了一跳，不知道這句話又是從何說起：「啊？」

　　克里斯別過頭，說：「我之前不是和你們說過，我常常不知道怎麼去抓和女性之間的距離，總是容易和女性成為很好的朋友，甚至有些時候錯過了和我喜歡的人更進一步的機會嗎？」

　　我點點頭。

　　「就像我會跟女性朋友說我的感情故事啦、或者是對她們很友善啦…有些人覺得我這個特質很奇怪，常常用奇怪的眼光看我。」克里斯說，雖然他沒有指出我的名字，但我怎麼聽都像是在說我。

　　我有點慚愧，不知道接什麼話好。雖然許多場合我和小孟都在，但是相比起來，不管小孟心裏是怎麼想，她總是展現出南亞人的熱情，而我，因為許多根深蒂固的東亞價值觀，確實常常對克里斯的作為，表達出保留的態度。

　　「我對這一點很敏感，當我覺得有人用奇怪的眼光看我的時候，我就會變得很防衛。」克里斯輕描淡寫的說。

　　我的心裏又是慚愧，又是訝異。慚愧的是自已不知何時傷害到他但不自覺，訝異的是他怎麼能這樣坦白的說出口。

　　不過，不管怎麼樣，值得慶幸的是，在這次坦白的對話之後，我和克里斯的關係漸入佳境。他和我聊天愈來愈頻繁，我也漸漸能夠放心的和他交談，而他在我眼裏，也不再有任何「奇怪」的舉止了。

　　這次的經驗，讓我見識到了，英國人和台灣人，或者說，東方社會和西方社會，許多不同的地方。

~~ 美女海琳 ~~

　　兩個禮拜很快地過去了，小孟、我和克里斯漸漸熟稔，不再像當初的尷尬。我一方面忙著找資料、寫論文，偶而在廚房遇到克里斯，和他聊聊天，分享一下最近的生活，也愈來愈有同一家人的感覺。

　　一直到某一天，我從學校找完資料，回到家裏，發現小孟坐在客廳看電視，臉色凝重。

　　「嗨，今天好嗎？」我放下背包，丟出一句開場白。

　　「恩，還好。」小孟好像心不在焉，閒閒接了一句：「你知道海琳今天回來了？」

　　「啊？！」我聽了一驚，早都忘了這回事了。好像以為這房子開天闢地就是我、小孟、和克里斯三個人的。

　　「那她看起來怎麼樣？我都還沒看過她呢？」我趕緊要小孟做簡報。

　　「她啊——」小孟拉長了尾音，一臉不以為然的表情，「她看起來很驕傲呢！」

　　「是哦！」我聽了也有點擔心。才剛剛適應了克里斯，現在又多了一個新人。四個人住在同一個屋簷下，可真夠複雜的呢！

　　正當我和小孟嘁嘁喳喳時，樓梯間卻傳來一陣輕快的腳步聲，接著就露出一個年輕美麗的西方女性臉孔，帶著微笑，對著客廳裏的我們說了聲「嗨」。

　　小孟和我都嚇了一跳，因為前一分鐘還在講海琳怎樣怎樣，

後一分鐘就看到本尊。特別是我，我還是第一次見到她。不免多看了她幾眼。

海琳一點都不以為意，彷彿早已習慣了人們的目光。我發現她有奶油色的皮膚，淺棕色的長髮鬆鬆挽了馬尾，一雙非常大而深遂的眼睛，還有挺直的鼻樑與鮮潤的紅唇，笑起來真能讓人轉不開目光。

海琳就維持著這樣燦爛的笑容，在樓梯口站了幾秒鐘，好像是耐心等我們欣賞完她的美貌似的。等我回過神來，也向她說了聲「哈囉！很高興見到你」她才漫步下樓。

下了樓，我更清楚的看到海琳的樣子。不同於一般英國女性，海琳的個性比較嬌子。但是穿著t恤和牛仔褲，大步走路的她，總是讓我到那嬌小的身軀裏，藏有用不完的活力。

海琳一邊往外走，一邊說她要出去買點東西，要不要幫我們帶點什麼？

我和小孟當然都禮貌的拒絕了。等海琳帶上門。我和小孟鬆了一口氣。

「喂喂，你覺得她怎麼樣啊？」小孟迫不及待的問。

「恩，很漂亮呢！」我說。

「你不知道，今天我在浴室碰到她。她對我們共用浴室的擺設，有很多意見。說這個肥皂不應該放這裏、那個毛巾又該擺哪裏去……」小孟連說帶比，還帶我到一樓後面的浴室，重建現場。

「她看到我，只簡短說了聲嗨，然後就開始整理浴室裏的擺設，接著就像個指揮官下命令似的，要我把自己的盥洗用具，按

著她的意思，重新放一遍。」小孟憤憤不平的說。

「是哦？」我心想，這海琳到底是有潔癖呢？還是像小孟控訴的，有指使他人的慾望？

正當我在胡思亂想時，門外傳來開鎖的聲音，我和小孟都在第一時間，衝到客廳裏坐好，保持著剛剛海琳離去時的姿勢，好像我們從來不曾移動過，當然也不曾到浴室密談過。

靜默了三秒鐘，轉動門鎖的聲音又傳來。這次我和小孟都聽清楚了，原來是開門的是隔壁鄰居，根本不是海琳。我和小孟互望一眼，兩個人都為自己剛剛的緊張，哈哈大笑起來。

吃在英國

不知道大家有沒有聽過這樣的笑話：在歐洲，德國人以幽默感聞名、法國人以守時嚴謹聞名、而英國最有名的，就是它的食物。換句話說，德國人沒有幽默感，法國人最為隨興、而英國的食物則是極為難吃。>_<

英國的主食，除了馬鈴薯，還有fish and chips，說穿了就是一塊炸魚排與一份炸薯條……我有一位英國朋友，聽了上面的笑話曾經發出一句長嘆：嗯，這不是笑話，這是真的！

因此，在英國留學，除了當地學術與文化的涵養，最大的附加價值，可能就是烹飪功力被迫大為提高，因為如果不自己下廚，本地的東西實在難以下嚥。

~～ 愛爾蘭準博士 ～~

　　海琳給我留下驚鴻一瞥的美麗印象，而聽了小孟對她的描述、加上對英國美女的好奇，每當我到一樓的客廳、或是廚房的時候，總在心裡隱隱約約盼望著，能夠遇到這位新室友，和她聊聊天。

　　但是海琳的生活卻似乎很緊湊，每次總是來去匆匆。不時看到她，大步走進家門，在樓梯口道聲哈囉，但當在我說「哈囉…」話音還沒結束的時候，她的一張美麗笑臉稍縱即逝，腳步咚咚咚地回三樓自己的房間去了。

　　某天天晚回家，我正想在廚房隨便煮點東西吃，卻碰到海琳下樓來，原來她正在等候烤箱中的馬鈴薯。我問她想不想吃點中國式炒麵，這是很受外國人歡迎的東方料理，海琳卻想也不想的搖頭，只專注的翻弄著烤箱裏被錫箔紙包得密密實實的小馬鈴薯。

　　「你喜歡吃馬鈴薯啊？」我問，沒話找話。

　　「對啊，馬鈴薯是英國人餐桌上必備的料理。好多道名菜都是和馬鈴薯有關。」海琳用專業的口吻說，宛如是民族文化史專家正在做簡報。

　　「是哦？」我嘀咕著，「不知道英國料理也有可以叫做名菜的東西嗎？」這可不是只有我說，英國菜是出名的難吃。曾經有一則有關歐洲的笑話，介紹歐洲各國的特色：德國人以幽默感聞名、法國人以精準聞名、而英國最有名的就是它的料理了。

　　海琳聽了也嫣然一笑。她一邊小心翼翼地翻弄著烤箱裏的

馬鈴薯，一邊說：「其實我也不喜歡英國菜。」她對著我看了一眼，「雖然我爸爸是英國人，但我媽媽是愛爾蘭人。」

我聽了恍然大悟，難怪海琳看起來不像一般的英國女生，她的五官雖然立體，但別有一番異國風情。現在聽她說自己有愛爾蘭的血統，我覺得她又多了一點詩意與憂鬱的美麗，可能是我自己對愛爾蘭的幻想吧！

愛爾蘭依附於大英帝國之下，向來貧困，人們總是必須四處遷移以求生存。但是或許因為背水一戰，這些移民者表現卻都非常優秀，愛爾蘭出了不少詩人、音樂家，隨手一舉就有濟慈、和尤里西斯的喬哀思。而政治名人也很多：大家耳熟能詳的有美國總統甘迺迪、雷根、以至於柯林頓，都是愛爾蘭裔。

在這樣的背景之下，即使今日的愛爾蘭仍然不像英國強壯，但愛爾蘭的血統還是值得驕傲的。

海琳一提到愛爾蘭，話匣子就開了：「我自小對語言就很有興趣，是學語音學（phonetic）的。」

「愛爾蘭出了很多藝術家欸！」我滿臉佩服地說。

「還好啦！」雖然海琳這樣說，但從她的微笑中看得出來她是挺自豪的。「我目前正在申請博士班，最近也很順利的申請到倫敦大學的入學許可，明年我可能有一整年會待在南非做研究。」

海琳一口氣說下來，聽到倫敦大學加上博士班加上遙遠神祕的南非，我對她的佩服是層層上升。因為她如此優秀，看起來卻又如此年輕美麗，我不禁好奇起她的年紀，雖然問女人的年齡是不禮貌，但我是忍不住要問：「海琳，你多大了？」

「二十二歲啊」

「啊…」我不禁訝異的張大嘴巴，二十二歲的準博士！如果是在台灣的話，二十二歲的年紀應該才剛剛從大學畢業吧！不過想一想，因為台灣和英國的學制不同，所以海琳如果一路順利的話，大學三年碩士一年，是有可能在二十二歲開始攻讀博士。

正當我對海琳的傲人成就佩服不已，談了這一陣子，她的馬鈴薯也終於烤好了。按照海琳往日的習慣，我已經預期她會匆匆的把食物裝在漂亮的餐盤裏，然後咚咚地的跑上三樓，窩在她房間進食。落下一個孤零零的我，在廚房繼續弄我的中國炒麵，因為炒麵可不像烤馬鈴薯，如果一邊說話、一邊炒麵，依我的功力只怕會引起廚房大火呢！

出乎意料的是，海琳雖然將食物裝在盤子裏，卻沒有上樓的打算，她一邊饒有興係地看我手忙腳亂的製作「東方料理」，一邊就靠在廚房角落邊，吃將起來。

等她吃完了一個小薯，我的沙茶青椒肉片炒麵也終於完成了。海琳看我大功告成，又打開了話匣子：「喂，你知道現在英國念什麼科系最熱門嗎？」

「嗯？IT？生物科技？MBA？」我隨口亂猜了幾個，其實這問題在英國，還真的沒有像在台灣那麼好猜呢！因為常被台灣的就業雜誌忽略的幾個科系，例如人文、藝術類，在英國卻容易引起羨慕與尊敬的眼光；而台灣流行的理工、法律、商管科系，英國人卻以平常心看待，不會特別青眼有加。我猜的幾個，其實也是依照台灣的標準。

「不是，」海琳搖搖頭，「IT產業已經過氣了，生物科技的工業還沒有成熟，而MBA的學位太多了、不容易看出個人專

業。」海琳接著說：「現在英國的畢業生，最能賺錢的是財務、金融管理。」

「哦！」原來如此，我心想，這也難怪，畢竟英國是世界金融的始祖，倫敦更是世界金融的樞紐。

「念這個科系是不是就會像霸菱銀行（Barlings Bank）的僱員李森，會讓銀行破產？」雖然明知這真是哪壺不開提哪壺，偏偏我腦袋裏只想到這件事。1995年，英國銀行行員李森進行不當交易，偷天換日，讓有230年歷史的霸菱銀行破產，被荷蘭ING公司以1英磅的價格收購。

海琳也笑了，話鋒一轉：「我男朋友是個機師，現在正在進修財務管理的課程。」

我聽到向來話少的她提男朋友的事，耳朵立即豎了起來，可不想錯過這八卦的機會：「你男朋友是個機師？是開民航機的啊？」

海琳點點頭：「是啊！」

「哇！」我又一次驚嘆：「機師的收入已經很高了欸，他還想賺更多的錢嗎？」

「也不是啦！」海琳笑得很甜蜜：「當機師常常要跑到世界各地，我們是聚少離多，如果在一般金融機構上班，我們見面的時間多，感情也會比較穩定。」說到這，她不好意思的低下頭，臉微微的紅了起來。

呵呵，即使是平日氣勢如王后的海琳，提到愛情，也會有嬌羞的一面…我心想，只是，她的愛情對象，還是和平凡人不一樣，不是高來高去的就是當紅炸子雞，果然展現出王后般的氣勢。

第二篇

旅人形形色色

~~ 對牛津說不 ~~

來自坦尚尼亞的貝蒂，有深咖啡色的皮膚，站在一群白人裏，就好像在提醒大家，她來自一個陽光充足的國度；一雙圓大明亮的眼睛，黑的深黑，白的亮白，不說話時吸引人去探測裏面的神祕，說話時能夠表現出強烈的力量，緊緊抓住你的注意力。

其實很難不注意到她，因為她總是喜歡穿著顏色鮮艷的衣服，戴著誇張顯眼的首飾。我記得她有好幾件連身裙，都鋪滿了色彩濃艷的幾何圖案，遠遠的走過來，就好像是一幅活動式的畢卡索作品。

就像許許多多的非洲學生，貝蒂也是拿獎學金出國念書的。順帶一提，因為長期在種族歧視與黑色大陸的陰影裏，非洲學生要申請獎學金相對容易，也因此，有時候學生的素質參差不齊，不像一般人所想像的，獎學金就是優等生的代名詞。

不過，貝蒂絕對是個特殊的例子，她的頭腦一流，資歷完整。頭腦一流，不只是她平日的言行可以看出一二，還有她每次交出的作業總是拿到班上數一數二的分數；資歷完整，那是說在她專精的領域裏，她曾經在政府重要部門待過、也在大型民間組織歷練過。像她這樣，學術研究既佳、實務經驗又足的學生，獎學金落在她的頭上，只能說是名副其實，一點也不冤枉。

第一次見到她，只覺得她非常熱情友善，對陌生人一點沒有

拒斥感，反而會顧念著那些初次加入群體，看起來有些落單的個人，主動靠過來說話。

所以雖是第一次見面，我卻很容易就和她聊開了。

我問她是不是第一次來英國？

「不是，我去年就來了！」貝蒂望著藍藍的天空說。

「那你去年在做什麼？」我好奇了。

「也是當學生囉！」她說。

「哦！那妳是念不同的科目囉！」

「不同、但是有相關的科目。」貝蒂說。

「那今年妳會拿到第二個碩士學位囉！」

「是啊！」

「哦？那妳第一個學位也是在這裏念的嗎？」我順口問起。

貝蒂頓了一下，「不是！」卻沒有說下去。

「那是在哪裏啊？」貝蒂的態度讓我更加好奇。

「在牛津。」她別過頭，不太情願的說。

啊！我真是嚇了一跳，「是那個名號響叮噹的牛津大學嗎？」

這個很白癡的問題讓貝蒂更加不高興，「是啊！不過我覺得那不過是個名聲罷了！」

「哇！那妳怎麼會決定跑來另一間學校啊？牛津很有名呢！」我還是忍不住繼續對「牛津」這兩個字崇敬不已。

她有些生氣，語氣開始不耐起來，「牛津不過是一個響亮的名字罷了，重點是你學到什麼，還有你想要學什麼，我覺得這裏能讓我學到的東西更多，所以我就來了。」

　　為了這次氣氛不太愉快的談話，貝蒂當天一改友善的態度，不再和我說話。而我，已經知道最好別再問她牛津的事，也別表現出自己對名校一廂情願的嚮往態度。當然，更不可輕易在他人面前提起，我今日無意中挖出的祕密。

　　偏偏在一旁的艾瑪聽到了幾句我們的對話，轉過頭來問：「牛津？誰在牛津啊！」

　　貝蒂不說話，我只好硬著頭皮回答：「貝蒂說去年她在牛津待過。」

　　艾瑪一臉狐疑：「不會是那個牛津大學吧！」她自己想了一想，臉上一副「我明白了」的表情，「哈！是在英國牛津區住過吧！哈哈！」

　　此時貝蒂早就走開，到另一邊找人聊天去了，我只好也跟著艾瑪乾笑：「哈哈！」

～～ 坦尚尼亞女英雄 ～～

隔了幾個月之後，我又陸陸續續知道關於貝蒂的二三事。才知道原來她很早就結婚了，有兩個孩子，大的正在上高中，小的也已經到了青春期，兩個孩子都在坦尚尼亞。

一年多前，貝蒂獲得一筆數目可觀的獎學金，決定放下暫時工作和家庭，一個人跑到英國來求學。第一年申請到牛津大學，大家都為她高興，好像「牛津」這個名字就連著無比光明的未來，親戚朋友都跑來祝賀，同時拍胸脯擔保，要貝蒂安心出國念書，大家會幫忙照顧兩個兒女和貝蒂的老公。於是貝蒂帶著家鄉眾人的祝福，興高采烈的收拾行囊，便孤身一人到英國來了。

初時一切順利，雖然是第一次出遠門，貝蒂很快的和當地的非洲社團建立了聯繫，把自己在英國的食衣住行、社交活動都安排得宜；即使是身處牛津，面對優秀的同儕，強大的競爭壓力，也沒有對她造成什麼困難。

念了半年多，眼看著可以開始申請博士班了。貝蒂的成績固然很不錯，加上那筆獎學金，也還足夠供她再念一年，但是貝蒂卻有些遲疑。雖然博士學位一直是貝蒂心底潛藏的心願，此時又有足夠的資金與絕佳的門路，以一個在牛津大學表現良好的碩士學生而言，要申請上牛津大學的博士班比別人容易許多，這麼好的機會錯過實在可惜；但是想到這麼一來，可能還要待在英國好幾年，貝蒂考慮的是遠在坦尚尼亞的家人。

和家人已經這麼久沒有見面，一個人在異鄉的生活，即使貝蒂外表再聰明、再堅強，其實背後都藏有一些看不見的憂傷。

終於，在牛津的最後兩個月，貝蒂的丈夫請了幾個禮拜的

假，遠從非洲的老家趕到英國來探望她。

剛開始的時候，貝蒂的心情簡直是好到了極點。趁著難得相聚的假期，兩個人拿著地圖和導遊手冊，計畫著要到英國這裏那裏觀光旅遊。

然後也真的付諸實行了。兩個人開著車遠走天涯，四處遊覽。貝蒂覺得，和前一陣子孤單辛苦、壓力繁重的生活比起來，此刻真是太快樂了。

快樂到了極點，卻出其不意的墜落人生的谷底。在一次開車來接貝蒂出門的路上，貝蒂的老公發生車禍，撞上了另一輛小轎車。小轎車的車主和貝蒂的丈夫都受了重傷，一起被送到醫院。經過急救，另一個傷者活下來了，貝蒂的丈夫離開了人世。

聽起來像是八點檔連續劇的劇情，而且還是用爛了、一點也不新鮮的橋段。

但是打開電視機的時候，你大可以隨口批評編劇的無能、觀眾品味的低俗…可是人生的故事有時候就是比肥皂劇還要荒謬，比虛構的情節還要可笑，而且，不管再怎麼樣奇怪的情節，當它是「真的」的時候，它的力量大到你無法想像。

所以貝蒂離開了牛津，並且永永遠遠的不想再回去。牛津對大家來說，是一間了不起的學校；對貝蒂來說，是一個不祥的地方。她的人生，在那裏，永遠的改變了，而且，不可逆轉。

她申請了另一家學校，以驚人的毅力繼續她未完的學業，每天穿著光鮮，在團體活動時精力充沛，在課業表現上仍然保持一貫的超優水平。

所以，我竟然在無意中觸犯了她心底的地雷，追著她問牛津的事不放，一點也不知道自己說錯了什麼，想來自己好像很不應

該，但是想想我面對的是貝蒂，一個不容命運擊倒的強悍女生，又覺得自己犯下的錯，好像也沒那麼糟糕了。

~～ 非常非常娃娃臉 ～~

　　帕洛娜來自印度，一個盛產美女、智慧與宗教的國度。說到美女，近十年內印度小姐連續奪得兩屆世界小姐、環球小姐的桂冠；說到智慧，印度人發明的佛教，義理深奧精微，就我看來是近於高深哲學更勝於安慰人心的宗教；印度人發明的瑜伽術，風靡全球，據傳專精者能使用瑜伽術違反物理重力定律，盤腿席地安坐而飛升。說到宗教，印度向來是多神信仰，再加上人多地廣，各地方的風俗民情互異，印度人崇奉的神明，多到連他們自己都數不清楚，所謂的「印度教」只不過是一個貪圖方便的總稱。

　　印度人有明顯的五官特徵，即使在一群膚色、外表基本相近的南亞人裏，一眼看去，仍然很容易就可以認出他們 ：高廣的前額，深遂銳利的雙眼，直挺的鼻子，以及線條分明的嘴唇。更具辨識度的，是他們充滿自信的態度，不論男男女女，給我的第一印象，總是抬頭挺胸，一副「我來，我征服世界」的氣質。融入人群對這群「天之驕子」來說並不難，但無論何時，你很容易就會發現他們有一種矯矯不群的稜角，然後你會發現，他們加入人群是因為他們想要在人群裏出類拔萃。

　　還是回到帕洛娜吧！一個典型的印度女子，二十八歲，有著特別尖短的下巴，配上寬廣的前額與大而明亮的眼睛，她看起來頂多只有二十二歲，天真清純，一副無知世事、需要人保護的樣子。

　　但是如果你稍稍知道她的背景，知道得愈多，你就愈會了解，即使滿心好意想幫助她，也無處下手。怎麼說呢？屬於帕

洛娜的一切，都只能用「非常非常」來形容。帕洛娜的家境非常非常富有，家族中多人在政府部門歷任高階文官。帕洛娜的成績非常非常優秀，一路拿第一名畢業，最後又過關斬將、打碎許多人的夢想奪得國外獎學金，出國留學。她先是在第一流的學府念MBA，以非常非常優秀的成績畢業，憑著突出的表現，畢業後又申請到另一筆獎學金，現在正在念IT（資訊科技）。

她前後念的兩個學位，都需要非常非常好的數學能力；她前後拿的兩筆獎學金，都要求非常非常高的語文成績。而這一切驚人的事實，實在很難從她非常非常娃娃臉的面孔上，找到蛛絲馬跡。

所以這以下的情景就一點也不令人驚訝了：帕洛娜在排隊時，有許許多多的男性自願禮讓出位置，讓這個看來非常非常可愛的「小妹妹」快快辦完她想辦的事；帕洛娜走在街上，有許許多多的人會停下車子，問這個看來非常非常清純無辜的女生要不要搭順路的便車；帕洛娜站在公共場所，有許許多多的人會停下自己手上的事，問這個看來非常非常天真無助的女生，需不需要什麼幫助。

所以再接下來的事情，就讓這許許許多多不認識她的人驚訝了：對讓她優先插隊的人，帕洛娜會板起臉孔，嚴峻拒絕；對想順道搭載她一程的人，無論路程遠近，帕洛娜會從她可愛的臉上說出讓人傷心的「不」；對無數想幫助她的人，帕洛娜的答案當然還是想也不想的「NO」…雖然她不至於對那些搞不清楚狀況的人，說出「其實我不需要幫助，你比我更需要幫助」的實話，但是這種非常非常嚴厲決絕、不假辭色的態度，確實是帕洛娜身上，一個與她外表非常非常衝突的特質。

印度的電影工業

　　印度是世界歷史最為悠久的文明古國之一，它地廣人稠，天然資源豐富，傳統宗教、文化的發展亦極為突出：不管是起源此地的佛教、印度哲學、甚至到近代甘地的和平抗爭精神，都對世人留下極為深刻的印象。近年來，印度亦致力於科技與工業發展，經濟成長指數不斷拔高，可說是繼中國崛起之後，為另一個深受西方注目的亞洲快速發展國家。

　　即使不論舊日的光榮遺產，今日的印度文化，也有可觀之處。全世界最大的電影製造國並不是美國，而是印度。除了國內龐大的消費市場，近年來印度歌舞片電影也逐漸在國際上嶄露頭角，以孟買（Bombay）為中心的印度語電影基地，號稱「寶萊塢」（Bollywood），頗有與「好萊塢」一別苗頭之意味。

~～ 非常非常愛情童話 ～~

非常非常娃娃臉帕洛娜，擁有一切女生、或者說不分男女，夢想的特質，上天賜給她的包括：出生時就擁有的財富、勢力龐大的家族、卓越超群的頭腦、討喜可人的外貌。

童話故事裏總是這麼寫的：美麗的公主落難，英俊又智勇雙全的王子冒險赴難，拯救了公主，然後他們結婚，從此過著幸福快樂的日子。

帕洛娜的愛情故事，卻和她出人意表的人格特質一樣，與她充滿光環的背景，非常非常衝突。

不知道她在印度時是否有過戀情，只知道她到了國外，至今只愛過一個男人。一個與她差不多年紀、卻連大學都沒有畢業、找不到一分正當安穩的職業，成天打零工過活，閒暇時就在酒吧裏作樂的男子。這個男子，身高普通、體重中等，外表雖不至於說醜，卻不容易讓人留下深刻印象。總之，這個男人，就算你想破了頭，也很難找出一些超過「平凡」的形容詞。真的，除了平凡，還是平凡；除了普通，還是普通。或者，苛刻一點，他比平凡的程度還差一點，比普通的標準還低一些。

在他身上，你看不到什麼「非常非常」的特質，這只是一個，走在街上，隨處可見的男子。甚至，以帕洛娜的條件來看，按照一般正常人的理性判斷，這應該是一個送給她她會嫌煩的男子。就像一個從小生長在豪富之家、對各種精品瞭如指掌的女子，照理說，當她購買一條香奈爾的項鍊，店家卻送給她一個地攤貨的贈品，她應該想也不想，嚴厲回絕，這才是正常的帕洛娜，這才是大家眼中的帕洛娜。

　　真實情況卻正好和大家想像的相反，帕洛娜愛上這個男子，沒有任何原因，沒有任何理由，她陷入了愛情的漩渦裏。轉啊轉，愈轉愈大，愈轉愈緊，帕洛娜甚至想到要和這個男人結婚，廝守終生。

　　愛情的魔力擄獲了帕洛娜，但並沒有沖昏了她的理智，帕洛娜知道這樣的男人，絕不可能為她重視名譽的家族所接受，她必須要一步一步來。起碼，先幫這個男人完成大學學業。有一個大學文憑，雖然仍然遠遠無法和帕洛娜相比，至少，這是第一步。

　　帕洛娜苦口婆心的和這個男人討論他們的未來，用盡一切方法想讓這個男人脫離無秩序、無重力的零工生活，用盡一切努力想讓這個男人一步一步往上爬。這樣的計畫，想起來雖然很不切實際，但是別忘了我們的帕洛娜是一個「非常非常」女生，即便是意志力，也是非常非常堅強，她決定的事，她是非常非常有耐心的。況且，滴水可以穿石，帕洛娜的想法，也不是完全不可能，只是很少人會選擇這樣做罷了。

　　只是，這大概是帕洛娜至今一生中，唯一一件非常非常失敗的事。

　　這個男人好像吃了鈇鉈鐵了心，一件一開頭就剪壞了的衣服，想修改無從修起。就說大學文憑吧！他幾次答應帕洛娜要回大學繼續完成學位，卻屢屢中途而廢，功虧一簣，一切又得從頭再來。

　　更不用說找工作，這個男人在帕洛娜面前，雖然滿口的應承要用心找一分正當安穩的工作，卻永遠失信。每次都有不同的藉口。不喜歡工作的環境、不喜歡工作場所的同事、老闆對他有偏見、工作內容太死板…總之，全世界都有問題，他無可奈何只好

繼續打零工的生活。

改不掉打零工的生活，同時也改不掉上酒吧、和狐群狗黨喝酒作樂的習慣。帕洛娜幾次三番希望帶他見識真正上流社會的交際場合，這個男人一點興趣也沒有。在帕洛娜的朋友眼中，這個男人唯一的優點，恐怕只剩下對愛情的忠誠度，他並不會花天酒地、四處留情，至今對帕洛娜還算是忠心不二。

這實在令帕洛娜煩惱，因為紙包不住火，即使再小心翼翼的隱瞞，帕洛娜遠在印度的家人，還是多多少少得到了消息。不用說，帕洛娜的父母大發雷霆，馬上打越洋電話來質問帕洛娜，究竟是怎麼回事？

面對震怒的家人，帕洛娜支支吾吾，說不出一個道理來，她的爸爸愈聽愈生氣，立刻下達一道命令：「和這個男人分手，愈快愈好，妳和他是不可能有結果的。」說完就掛上電話，留下帕洛娜對著話筒發呆。

這之後，帕洛娜斷絕了所有對外的通訊，手機不開，電話不接，大門深鎖，足不出戶。包括她的情人、朋友，完全謝絕聯絡，誰想找她都無從找起。期間，這個男人試著找過她幾次，包括試探性的問帕洛娜的友人，是否有她的消息；還有幾次，到帕洛娜的家門口前守著，盼望能不能碰巧遇到她。但是，帕洛娜消失得非常非常徹底。

隔了一個禮拜，當大家正逐步接受帕洛娜從人間蒸發的事實，忽然在某個早晨，接到帕洛娜的電話，聽到她的聲音，我非常驚訝，腦中一片空白，甚至忘了問她這段日子過得好不好？

帕洛娜似乎早已預見到這樣的情況，她的聲音聽來毫無異樣，好像從來沒有發生過什麼事。寒暄過後，她只簡短的說了一

句：「我決定和他分手了！」

「啊？是嗎？」我的回答只能說毫無頭緒，面對她我忽然覺得自己的大腦無法正常運作。

「是的，我已經決定了！」又是一句簡短的確認句，帕洛娜不容我多問，道了再見，掛上了電話。

當所有人都還搞不清楚究竟發生了什麼事的時候，帕洛娜已經一如往常，出現在校園裏，上課、社交、…回到往常「非常非常」的軌道裏，帕洛娜駕輕就熟，她的無比平靜，簡直讓人懷疑，之前的波瀾四起是不是僅只是凡人如我的幻覺？

一個月後，當大家漸漸忘記那個曾經在帕洛娜生命中，留下一道奇異軌跡的男子。

不知道哪一天，忽然又有人見到，帕洛娜和那個男子在一家酒吧同進同出，聊天相擁，狀甚愉快。當然，那家酒吧，是那個男人常去光顧的普通酒館之一。

就這樣，帕洛娜的家族不久後又打電話來，嚴辭警告帕洛娜速速和這個不成材的男人分手。同樣的劇本又上演了一次，消失、分手、復合…

不過，這次，我沒有上次那麼驚訝了！

~~ 葡萄牙騷沙 ~~

　　禁不起再三慫恿，我和室友及一個馬來西亞的女生，報名參加了拉丁舞蹈課。課程的傳單上早就註明這是給「初學者」的，但從來沒正式學過舞蹈的我，一進教室，看到四面八方的鏡子，光滑的木製地板，還是忍不住左顧右望，好像劉姥姥進大觀園，又是緊張又是興奮。

　　課是八點鐘開始，我們七點五十分就進了教室，上面那堂「阿根廷探戈」還沒結束，我們坐在教室的角落，看老師一一說明動作的時候，同學做起來顛三倒四，手不對腳錯位，忘拍忘動作，好不容易經過幾次的練習，總算拍子和節奏都對了，加上音樂，似乎有了那麼一些精神，但總是少了那麼一點韻味與美感。

　　我一邊看一邊笑，心裏知道再過十分鐘就輪到我們上場當喜劇演員了。

　　正式開始的時候，有一頭棕黑捲髮的老師先自我介紹說，他來自葡萄牙，然後向我們解說拉丁舞的一些主要的舞步和起源，他一邊說一邊示範，時而沉穩優雅，時而快速強勁，時而火辣熱情，舞步轉換之間輕巧無比，我看得呆了，完全沒記住他講了什麼。只聽到一個重點，就是最近流行的騷沙，基本上是各種舞步的混合，所以它的名字叫「salsa」，其實這就是西班牙語「sauce」的意思，英文的sauce就是醬料，而做醬料的時候總是會將各種材料攪拌混合，所以「salsa」也就是各種舞步攪拌混合的意思。

　　一般人都會誤會拉丁舞著重臀部的擺動，其實不然。老師說第一個要記得的是保持上半身的挺直，他一邊說一邊要我們將兩

手抬起，與肩同高，這樣就不會垂頭或駝背，看起來舞姿無論如何不會優美。其次要運動腰部，因為腰部是全身的中樞，腰一扭動的話，身體自然會有韻律的擺動。最後才是搖擺臀部，但是葡萄牙老師特別強調，千萬不要誇張的搖擺，否則看起來會可笑，只要記得自然的將腳跟往外跨，臀部自然就會跟著往外移，不需要刻意只去動那個部位。

　　我面對著鏡子，不斷的練習，這才體會到舞蹈教室裏，充滿鏡子的好處。第一，這樣可以幫助習舞者知道身體哪一個部位沒有擺正，有時候自已以為已經抬頭挺胸了，殊不知鏡子裏就會看到一個拼命把上半身拉直、但肚子沒有縮進去的身影，而這一堂課我學到，肚子沒有縮好就不會站直，只注意到上半身的「挺直」久了肩膀就會僵硬，身體動作無法協調。第二，也可以幫助大家學習老師的舞步，因為前後左右的鏡子照射，感覺上好像有好幾個老師在跳舞，起碼，看著鏡子，大家也比較容易模仿舞步。

　　最可惜的是這堂課陰盛陽衰，女生有六、七位，男生只有兩位。老師於是決定讓全班圍成一個圓圈，然後在所有舞步最後加上一個迴轉的動作，女生繞個圈，就離開現在的舞伴，換手給下一個女生，而還沒有輪到舞伴的女生就獨舞練習，慢慢在圓圈裏前進。

　　奇怪的是不是在人數上陰盛陽衰，就連學習效果上，女生也似乎勝過男生。其中一個看得出是英國人的男生，高瘦的身材，長手長腳，跳起舞來卻沒有給他帶來何的好處。我和他共舞的時候，他緊張的念念有辭，記著老師教的舞步口訣，雙眼緊盯著另一邊的老師，深怕弄錯。不過在這樣緊張的情緒之下，就算記住了步伐和拍子，肢體動作是很難會協調、有美感的了。

一堂課才一個小時，今天教的又只是基礎舞步而已。但不知道為什麼，下課以後，我和室友、馬來西亞姑娘都嚷嚷著餓壞了，三人迫不及待的想衝回家，抓點東西吃。好像拉丁舞也是蠻會消耗熱量的運動哦！^_^

標準拉丁舞與騷沙

說到拉丁舞，大家可能會想起國際標準舞比賽裏，一群舞者抬頭挺胸、踢腿揚首的畫面。和那種「標準拉丁舞」相比，譯為「騷沙」的Salsa，就可說是「民間版」的拉丁舞蹈。

Salsa原義是一種混合調味料，因此騷沙舞的精義，就在於隨性、自由、不受任何派別所拘束，只要跟著音樂，隨意舞動身體，不管是哪一種舞步，都可以成為「騷沙」的內容。

除了隨興，騷沙的另一個特色是「表現自我」。拉丁舞的本質，就是要表現舞者自身的魅力，不受形式所拘的騷沙，更可以呈現出舞者的個性與獨特光彩。因此，不管你怎麼跳，「隨音樂歡樂起舞、讓自己充滿自在魅力」，就是騷沙的最高境界啦！

~～ 運動中心博士 ～~

　　當初註冊的時候，按照學校的規定，我另外交了三十磅（約合1500元台幣），讓註冊組人員在我的學生證上貼上一張藍色的貼紙，代表我是sport user，一整個學年都可以持證自由進出學校的運動中心，使用大部分的設備，還可以免費參加中心舉辦的各類課程。學校的運動中心裏不但設有各種球類運動的場地，也有更衣室、置物櫃，還有淋浴設備一應俱全。就消費的水準而言，可謂物美價廉了。

　　就這樣，為了好好利用這張運動卡，三不五時，我會去學校的運動中心跑跑步、做故健身操、參加瑜珈或有氧課，因此認識了在運動中心擔任櫃台人員的大衛。

　　大衛也是從台灣來的，拿教育部的公費，在哲學系念博士，主修運動哲學。我第一次見到這個亞洲面孔時，因為從沒在台灣同學會的通訊錄上見過他，我還以為他是大陸來的，於是一逕的和他講英文，一直到對話快結束，大衛才問了一句：「你是從台灣來的嗎？」

　　我嚇了一跳，「是啊！你呢？大陸嗎？」

　　「我也是從台灣來的啊！」

　　「咦，我從來沒有在台灣同學會上看過你哩！」

　　「有台灣同學會這個東西嗎？」大衛倒好奇起來。

　　「是啊！」雖然這裏的台灣人少得可憐，但就我所知，還是有一個小小的同學會，每個禮拜固定聚會一次，交換各種情報資訊；逢年過節大家會一起上餐館打打牙祭、解解鄉愁。雖然我也

很少參加同學會的活動，但是聽到有人連台灣同會會都不知道，倒是頭一回。

「哦！我已經在這裏第五年了，」大衛拉長了尾音說，好像他待了一百年那麼久。

我猜大衛的意思是，他已經很知道怎麼在這裏過活，不需要像一般的留學生，守著同學會生怕在異國落單。

「哦！那你一定對這裏非常的了解了？」我問。

「也沒有啦！」大衛搖搖頭，「反正就是要知道如何生存嘛！像我在運動中心打工，多少賺點錢，還有我也在宿舍擔任舍監，可以免付房租哦！」

「哇！那你很認真哩！」我是想，拿公費出國還如此兢兢業業，真不簡單啊！

「沒有啦！」大衛又否決我的話，「只是求生存嘛！」

「不過今年是我在這裏的最後一年了，論文交完我就要回台灣了。」大衛又說。

「哇！」我不禁崇敬起來，「你已經寫完論文囉！真厲害！」

「還好啦！」大衛悠悠的說，「只是再不趕快回去，就快生存不下去囉！」

多聊幾句下來，我發現，「求生存」是大衛的口頭禪。

聊沒幾回，我很快的知道，大衛不但在英國生存的很好，還是一個有為的青年。因為對話時，不論我怎麼從他五年的英國生活經驗起頭，每次我們的會話，總是以如何讓台灣的運動水平提高、如何落實台灣的運動教育做為結尾。

　　有一次他提起，想辦一個有關台灣的活動，讓外國人更認識台灣，問我想不想參與？我一聽眼睛馬上亮了起來，問他要辦什麼？他說在網站上查到台灣駐英辦事處有提供一些英文的紀綠片，質量俱佳，而且包含台灣的社會、文化、經濟各面，放映紀錄片不失為一個好方法。

　　「妳知道嗎？當我打電話去問台灣的辦事處，問他們可不可以外借那些影片，那些官員竟然不知道有那些紀錄片的存在，還問我在哪裏看到的？」大衛頻搖頭，一副不勝唏噓的模樣。

　　「真是太誇張了，」我也點頭同意，「他們連自已網站上有放過什麼東西都忘了嗎？」

　　「可見他們從來沒有好好運用過這些紀綠片。」我又加上一句評語。

　　「他們不用，我就拿來好好運用一下。辦一個紀綠片的放映活動，就叫TAIWAN ON FILM 吧！」大衛靈光一閃說。

　　「好啊好啊！」我連連大力點頭，「如果你需要我幫什麼忙，儘管說。」

　　「這個…」大衛想了想，說：「片子我已經借好了，借學校的場地也很容易…我看妳只要幫我廣為宣傳，請人來參加就好。」

　　「好啊好啊！一定一定。」我覺得這是一個很有意義的活動，當大部分的留學生都為了生活適應、課業繁忙無暇他顧時，竟然有人想到要辦一個活動介紹自已的國家，用的還是官方自已都從來沒好好運用過的影片資源，真是精神可佳。

　　「其實我前一陣子還去過北京，主要是考察一下他們為2008年的奧運做了什麼規畫。」大衛講得興頭來了，從台灣紀錄片又

轉到了北京的奧運。

「奧運…你對主辦奧運有興趣哦？」老實說，我倒是從沒想過台灣會有機會主辦奧運。

「對啊！我常常覺得台灣有很好的資源，只是沒有好好的規劃利用。別說是奧運，如果台灣有機會能主辦一次世界級的運動盛會，一定可以大大提高台灣的國際地位。」大衛愈說語調愈高昂，好像就要從櫃台的椅子上跳起來，「台灣有自己的文化、有自己的特色，我們何必要自己畫地自限，限制了自己的國際空間。應該反過來，努力的向世界推廣台灣的優點。」

我只能在一旁連連點頭稱是，由此番「台灣奧運宣言」後，大衛在我心中，由「有為青年」升上一級，晉身為「台灣未來奧運大使」。^_^

台灣同學會

除了住宿必須要在抵英之前申請，確認到達英國之後有地方可以落腳。其實，有許多事情，也可以先在台灣做好，免去許多生活上的麻煩。例如：先透過台灣的英國代表處，代為申請國際學生證、就可以從買機票開始，獲得學生專享的優惠。另外，有計畫到歐洲旅遊的讀者，也可以先在台灣申請申根簽證，因為人在國外的時候，辦理簽證遠不如國內容易。

反過來說，也有許多事情可以到了英國再辦。例如：英國天氣雖然比台灣冷，但與其帶一堆厚厚的冬衣，不如到英國本地再買。因為氣候的關係，英國的羊毛衣、冬天大衣都相對便宜，一般品質也都在水準以上。此外，雖然英國食物很難吃，但也不需帶太多台灣乾糧塞爆行李箱，因為許多東西可以在中國超市買到，甚至有業者已經發展到網路商店宅配的地步。倘若還有特殊需要，屆時再請家人寄來不遲。

很重要的是，如果學校方面有台灣同學會，在到英國之前，就應和先和他們取得聯絡，一方面，可以獲得許多寶貴的當地生活資訊，另方面，也可以從「前輩」那裡找到許多二手貨，就不需要在英國忙著買新家俱啦！

~~ 台灣電影節 ~~

　　大衛的動作很快，說做就做。一個月過後我已經收到他的伊妹兒，說場地、影片都安排好了，他已經和中國同學會的會長聯絡，請大家多多捧場。另外，大衛說他也寄了一封通知信給台灣同學會會長，但至今尚無下文，於是他婉轉的請我在台灣同學的圈子裏多多宣傳。

　　我立刻將消息轉給我認識的台灣朋友，請他們有空儘量到場。不過，相當可惜的是，第一次電影節恰好遇上我的小組討論時間，附帶一提，英文叫做「seminar」，這是研究生課程的特色之一，和教授單方講課不同，負責的教授會指定一個主題，當場教授不會發言，只會提問題，請同學回答或發表意見，屆時誰有準備、誰沒有準備立見真章，更不用說在只有五、六個人的小組裏，任何一個人沒到都會在教授心裏留下印象。所以，雖然滿心想支持，很遺憾第一次電影節我還是錯過了。

　　還好我找了五、六個台灣朋友到場，也算盡了一分心力。聽大衛說當天總共來了二十個人左右，有英國同學、有中國同學、也有來自其他不同國家的朋友們，一起觀賞介紹台灣的文化、經濟、社會…的紀綠片。因為反應不錯，而且還有兩部片子因為時間限制無法放映，大衛決定一個月後，再舉辦第二次電影節。

　　這一次，我興緻匆匆的去了，偏偏那天天氣非常陰沉，五月初的英格蘭，只見天空蒙上一片厚厚的灰，細細的小雨，加上陣陣強風，打向人身上、臉上，即使帶著雨傘，亦不可避免全身濕了大半。

　　當我走進放映室，發現只來了四個人，連大衛加我六個人，

而且除了我們兩個之外，其他人一個是英國人、一個來自印度、一個墨西哥、一個中國南京。老實說，這樣的氣氛是有些尷尬的，偌大的教室，空蕩蕩的，大衛一個人站在講台前，向大家做今日影片的簡介，條理清楚、措辭合宜，顯然經過了一番準備。不過，熱心的主辦者和不夠踴躍的觀眾，相形之下，他的身影看來不免有些孤單。

　　幸好，影片一開始放映之後，大家的注意力很快就集中到那一幅幅美麗的畫面。第一部是「台灣當代舞蹈」，介紹了許許多多的舞團，知名的舞者、團長、編舞家——在攝影機前面向大家陳述他們對台灣的想法和創作的動機。包括大家熟知的雲門林懷民、還有老一輩的劉鳳學、新一代的林秀偉、羅曼非…

　　我愈看愈感動，那一個一個美麗的舞蹈動作，每一個都連著背後的文化血緣。原諒我不是專業的文化史家，也沒有帶紙筆紀錄，所以無法一一記住誰說過什麼話。但是有些話，至今還深深印在我的腦中。

　　例如有一個編舞家說：他有一次去看漢代的文物展，其中許多石蛹人物的形態引發了他編舞的靈感，而配合著畫面上舞者的動作，雖然我並沒有親身看到那些漢代文物，但我似乎也可以從那些遲重、內斂的動作裏感受到一二漢代文物的內裏精神。還有一個編舞家說，當她在一九五○年代左右到蘭嶼的時候，她對當地純真簡單的生活形態留下深刻的印象，回台後立刻編了一支新舞，表現她的嚮往，舞作裏充滿活力；一九七○年後她又去了一趟蘭嶼，一切全變了，經濟的發展取代了原住民的文化，傳統的精神正一點一滴的失落中，她的另一支舞作仍然關於蘭嶼，但是氣氛顯得悲傷與沉重。

　　影片中間還介紹了一段台灣傳統廟會的迎神舞。勾起我許

多回憶，看了眼淚都快要掉下來了，記得小的時候，逢有廟會慶典，總是一群小孩子們最高興的時候，大家總是成群結隊，站在街口，眼巴巴的等著「看熱鬧」，從遠遠的聽到鑼鼓喧天，而遠而近，就開始滿心期待，一直到那支慶典的隊伍走來，各式各樣張牙舞爪的神偶、讓大家看得目不轉睛，總是一路跟在隊伍的後面，一直要跟到下一個路口，再看著那支隊伍消失在遠方，才肯回家。

當時只曉得「看熱鬧」，並不曾想過這裏面也有「門道」，現在我才知道，在懂得「看門道」的人眼裏，這種民俗慶典裏充滿了大眾的活力、每一個舉手投足裏，都有許多本地歷史、文化、社會的故事。這樣的文化意義，加上童年的回憶，尤其在異鄉看來，我的感觸又更多了。

我還記得林懷民在片尾說了一段話，他說他不可能活在台灣，卻去追逐紐約、歐洲的流行，他想做的，永遠是關於這片土地的故事；他想表達的，也永遠是活在這片土地上的人的生活。

說得真好！

放映結束後，大家提了一些問題，大衛一一回答，我覺得他回答的都相當得體。因為人少，會後的談話氣氛顯得相當隨興親切，我提議用我的數位相機幫大家拍一張合照，以作為紀念，也感謝大家的參與，我說因為我覺得身為台灣人，外國人對台灣電影節的重視讓我感到光榮（I am honored by their participation）。

這一陣子恰好有讀者問我關於留學生活的苦與樂，我說過這是一個很難一言道盡的問題，但是我覺得，有一點是要記在心中的，不管飛得多遠多高，別忘了我們的根與我們的土地相連，我們的血裏流著土地的歷史。不管我們可以在別的國家裏學到多少

好東西，都沒有辦法消除我們身上的文化印記。

　　不過，有苦有樂的留學生活裏，台灣電影節在我心中，絕對是屬於光明與快樂的那一邊。

~~ 台灣撲克與印度賭徒 ~~

　　自從搬家時發生了不愉快，印度夫婦阿濟和比洛絲一直沒有和我們聯絡。想到曾經是不錯的好朋友，從前也常常在我們的「120」小屋吃飯聊天，如今卻為了搬家大戰時發生的誤會，失去音訊。在新家安頓下來之後，我不禁懷念起這對熱情的印度朋友，好奇地問小孟關於阿濟和比洛絲的近況。

　　「他們後來也找到了房子，聽說是一間設備齊全的套房，就在我們家街口右轉往上坡走，轉角第一間就是了。聽說環境不錯，就是貴了些，租金一個禮拜要82磅。」小孟連珠砲似的丟給我一大堆她從同學那兒聽起的小道消息。

　　「轉家第一間嗎？」我詫異的問，「那離我們新家還蠻近的呢！可我怎麼從來沒在路上遇到他們呢？」

　　「大概你和他們的課表時間都錯開了吧！不過沒遇到也好，上次我在上課途中遇到阿濟，他當做沒看到，理都不理我。」小孟嘟起嘴巴說。

　　「唉！好懷念以前大家一起在120小屋吃飯、聊天的時光哦！」我不禁唉聲嘆氣。

　　「對啊，美好時光徒留回憶。」小孟也唉聲嘆氣起來。

　　「啊！我想到了！」忽然，她睜大了眼睛。

　　「什麼好主意，快說啊！」我豎起了耳朵！

　　「當時是我和他們溝通搬家的事，又不是你！所以他們也把帳算在我頭上，氣的是我，不是你！」小孟振振有辭的說。

　　「你的意思……難道是要我主動開口，和他們和好嗎？」我

084

苦笑的說，這算是哪門子的好主意？萬一人家不領情呢？

「就是這樣！」小孟肯定的說：「已經過了一個多月了，他們的氣應該也消了。但總要有一個人起頭發出善意吧！你是最適合的人選囉！」

小孟說著，不容推托，就把手機拿給我，要我撥阿濟和比洛絲的電話。

「等等……」我一手接過電話，皺起了眉頭，「總要有一個好理由，讓大家下台吧！」但是該想什麼理由呢？從前吃飯也吃過好多次了，總要想一個新鮮的玩意。

「啊！我想到了！」我搜索枯腸，終於讓我想到一個「新鮮」的點子──玩撲克牌。還好我在台灣有玩過幾種撲克牌，現在總算派上用場了，猜想印度人的數學這麼好，應該會喜歡撲克牌遊戲。

想到了這個主意，我立刻撥了電話過去。

電話是比洛絲接的，她有些驚訝。

「比洛絲啊！好久不見，聽說你們搬家還蠻順利的。」我胸有成竹，講話也流暢起來。

「是啊！好久不見，你們也都好嗎？」比洛絲的口吻漸漸友善了。

「都還好啊！不過我和小孟都蠻想念你們的，要不要來我們新家走走啊！」

「這……」比洛絲遲疑起來，「我要問問阿濟的意見。」

果不其然，比洛絲個性溫柔，比較好講話，但是阿濟未必忍得下這口氣。

「我想請你們來玩一種台灣最流行的撲克牌遊戲，快點來吧！」我故意說得很神祕。

「台灣最流行的撲克牌遊戲？」聽得比洛絲也好奇起來，「聽起來好像很有趣，我阿濟應該會有興趣，晚點他回家，我問過他再回電給你們吧！」

到了晚上，阿濟主動打電話來，一句話也沒提當初搬家的事，倒是一直繞在「台灣最流行的撲克牌遊戲」打轉，興致勃勃地問我那是什麼？

哈！什麼是「台灣最流行的撲克牌遊戲」呢？就是「大老二」！因為我會的撲克牌就那麼幾種，「橋牌」「拱豬」世界通用，總不能說是有台灣特色，既然要打出台灣品牌，想來想去就只有「大老二」最合適了。

隔天，阿濟和比洛絲果然被吸引來了。我準備了兩副撲克牌和幾種不同口味的餅乾，小孟也燒了一壺熱騰騰的薑奶茶，二人嚴陣以待，就為了款待這兩位好不容易請來的貴客。

「大老二」的規矩台灣的讀者朋友應該都知道，在此不多說。阿濟和比洛絲、小孟都是第一次聽到這種遊戲，聽我講解規則，迫不急待的想開始玩。

玩了幾輪總結下來，我因為有經驗，所以占了上風，小孟的運氣不錯，排名第二。阿濟排名第三，比洛絲排名第四。

阿濟顯然對這個遊戲非常有興趣，全神貫注，一直想要反敗為勝，偏偏他雖然頭腦聰明，在三人中最快理解到「大老二」遊戲的精義，但時運不濟，總是差那麼一著，讓小孟排在第二。

「哎！你這樣不對！」幾次革命不成，阿濟脾氣開始焦燥起

來，頻頻指點身邊的比洛絲出牌錯誤。

「對不起，對不起！」比洛絲低下頭，像個做錯事的小孩，頻頻道歉，「我一定會加油，下次會更進步！」

「沒關係嘛！玩這種牌就要靠運氣，要不然小孟怎麼會贏！」我怕他們夫妻失和，開玩笑的說。

「不不，這牌除了運氣以外，還有技巧在的。」阿濟一副專業口吻說。

「是啊！這都要靠頭腦，」小孟得意的說，「難怪我會贏！」

我不禁好笑起來，沒想到三個南亞人都沒見識過「大老二」，一下子就被迷住了。三個人其實好勝心都強，誰也不想輸！害我也玩得戰戰兢兢，害怕要是台灣人在「台灣流行的撲克牌遊戲」落後，那豈不成了笑話一樁嗎？

玩牌的時候，時間過得特別快，一下子就到了晚餐時間，阿濟還不放棄翻盤的堅持，比洛絲卻已經開始打呵欠，我和小孟的肚子也開始咕嚕咕嚕叫。

「差不多了，大家該散了吧！」我也打了個大大的呵欠。

結算一下，我和小孟保持領先，阿濟和比洛絲落後。而之後幾個禮拜，阿濟常常主動找我們玩牌，小孟也成了「大老二」迷，我則被迫要在這場撲克國際大戰中當「台灣代表」，誰叫我要告訴他們說，這是「台灣最流行的撲克牌遊戲」呢？

印度男女大不平

　　就像大部的南亞國家，印度也是男尊女卑的社會，再加上印度婦女出嫁時，父母必須附上一筆可觀的嫁粧，使得女性成為「賠錢貨」，地位更加低落。印度婦女為了生下男孩，往往願意多次動流產手術。

　　不斷殺害女嬰的結果，導致印度的男女性別比例嚴重失衡。成年男性找不到對象，於是拐騙、綁架婦女的案子層出不窮。某些落後的村莊，甚至有數個兄弟共娶一個妻子的情況。

　　一般來說，印度婦女的處境堪憐，除非是比較富裕的家庭，女性才能有良好的成長環境與教育機會。

～～ 新加坡神奇女超人 ～～

　　和阿齊、比洛絲玩了一陣子牌，彼此對彼此的牌技都頗為熟悉，於是大家開始想找新的牌友。

　　沒多久，阿齊介紹班上的一個女同學來玩。她名叫莎莉，是新加坡人，高瘦的身材，白皙的皮膚，長長捲捲的頭髮披垂過肩，頗為嫵媚。莎莉原本在新加坡一家大型商務公司當企管顧問，因此身上有著一種商業環境訓練出來的、精打細算的氣質。

　　例如：她戴的手錶雖然不是名牌，但是她對名牌瞭如指掌，而且與人相約，時間永遠算得精準、絕不遲到。她雖然和我們一樣，是初次來到英國，但一起去逛超市的時候，她卻永遠能夠告訴大家：買什麼最划算，而且我們總是不知不覺被她所說服，最後買下她推薦的產品。她的功課在班上名列前茅，在生活中也處處佔贏。舉留學生最常遇到的「吃飯」問題來說：莎莉下廚的時候永遠知道什麼菜先炒、什麼湯先煮，才能充分利用到鍋爐器具，又能夠掌握最佳火候。不像我們總是手忙腳亂，一早就被看穿欠缺生活能力，莎莉則臨危不亂、端出盤盤好菜之後還能保持長髮不沾雜屑，深具大將之風。

　　初次聽到莎莉的名字，是與阿齊、小孟、比洛絲玩牌時，聽他們閒聊、帶著神往不已的口氣，提到這位奇女子。大家一致推崇莎莉參加很多課外活動，像是學跳舞、和當地朋友出遊……，但是她仍然在課業上保持領先。以致大家看到她，都有一個疑問就是：「不知道她的時間是怎麼來的？」年前好萊塢有一部動畫「The Incredibles」，中文譯成「超人總動員」，裏面的人天生具有各種異能，大概就是莎莉的寫照。

莎莉和我們玩牌的時候，果然不負盛名，每次玩牌時雖然與大家有說有笑，但關鍵時刻臉上的表情都極為認真。結果她雖然是最慢開始學牌的一個，但卻是最快上手的一個，很快的到達可以爭冠的地步，大大威脅我這個「老手」的地位。

有點奇怪的是，隨著莎莉出現的次數愈來愈頻繁，比洛絲來的次數卻愈來愈少了。本來比洛絲一向就比較不擅長玩牌、記牌，而阿齊總是口頭上不饒人，每每在比洛絲失手失分的時候，不假辭色。久了比洛絲不喜歡參與牌局，反而喜歡靜靜的在一旁觀看，或是乾脆站到一旁、煮一壺薑奶茶。等到熱熱香香的味道傳來，她會像個乖巧的大女孩，面帶微笑幫我們倒茶、滿足的看我們暫時從牌局裏分神。

和莎莉也漸漸熟了，才知道和她實際年齡比她外表大上許多。莎莉已經三十幾歲，在新國算是「白領菁英人士」。她跑到英國進修碩士，也正是公司出錢贊助，並希望她回國後仍然要為該公司效力。

有一個週末，莎莉提議大家到離學區頗近的街上一家pub去跳舞、小酌，試試本地風光。大夥欣然同意，換裝出發。

Pub裡放的音樂很大聲，以致於人跟人面對面講話仍然要用吼的。我看裏面男男女女，聚成小圈，舉杯聊天，我真懷疑他們彼此是否真聽到對方所說的話。舞池裏則有許多人穿著奇形怪狀，有的博君一笑、有的是爭奇鬥艷，都在爭取人們的注意。不過物以稀為貴，大家都出怪招，結果反而是我們這群穿著相對「正常」的留學生，惹起了較多的注意。

我們一行總共五個人，阿齊和比洛絲、我和小孟以及莎莉。我和小孟靠在一起跳，以避免受人騷擾。

　　漸漸的，我們發現，大部分的時間，阿齊是和莎莉一起跳，比洛絲卻只在一旁坐著，喝悶酒。莎莉和阿齊愈跳愈起勁。因為阿齊本來就是一個好看的印度男人，加上莎莉也是一個美麗的華人女性，他們的共舞，在舞池裏愈發引人注目。

　　當晚莎莉穿著艷橙色的緊身毛衣，在舞池閃爍的燈光照耀下，窈窕的身材包覆著閃閃動人的質料，再配上輕巧的舞蹈動作，抓住了所有人的目光。中場休息時，我問比洛絲為何不下去跳，比洛絲只淡淡說，她不會跳西式舞蹈。至於阿齊則是在印度時，就已習慣出入各種娛樂場所，所以對西方的娛樂方式並不陌生。

　　比洛絲繼續向我說，來英國之前他們住在孟買，那是印度最熱鬧的城市之一，各式各樣人們想的到的娛樂場所都有，比英國許多地方都還要熱鬧。難怪阿齊下了舞池，一點也不怯場。

　　但同為印度人，身為女性的比洛絲就沒有這麼好的機會了。雖然她的家境也很優渥，但是基於印度的傳統，家族對女性的管制相當嚴格，家人向來不准她出入這種娛樂場所，所以她還是來到英國之後，才見識到西方「紙醉金迷」的墮落一面。

　　看比洛絲一個人靜靜地站在舞池上方的觀賞台，我和小孟都問阿齊，為什麼不邀請比洛絲下場？阿齊只輕描淡寫的說：「這種跳舞不適合她，她可以在家裏放印度音樂、跳印式舞蹈，這種地方她最好少來！」小孟顯然是比較習慣南亞男人的威權心態，我卻不禁聽得臉上三條線，難道來pub跳舞的女性，在阿齊眼中都是不宜居家的「壞」女人嗎？……。

　　但是我不禁納悶，阿齊毫不顧忌的和莎莉跳舞，而且頻頻稱讚莎莉的舞姿、說她具有音感和跳舞細胞，難道莎莉和比洛絲，可以適用雙重標準嗎？

~～ 英國購物退貨遊戲 ～~

在英國購物，是一種和台灣截然不同的經驗。在台灣買東西的時候，店員雖然不像日系的百貨公司那樣為人稱道，但也總算得上「慈眉善目，和藹可親」，總之，有錢的顧客是大爺，這是一般台灣商業經營的基本觀念。只是一旦你付了錢，卻發現產品有瑕疵、想要退貨的時候，再回到店裏，店家可能就會對你擺出另外一副臉孔，不是百般推託，就是指指牆壁上的標語「貨物售出，概不退換。」於是付了錢的顧客，就像是被剝了皮的羔羊，只能在心裏咬牙切齒，發誓下次再也不來這家黑店，然後在網路上大肆宣揚…

在英國，走進店裏，不會有像口香糖一樣黏人的店員，緊緊跟在你旁邊，問你是不是需要保養，你的皮膚看起來需要額外的呵護……相反的，店員總是自顧自的做自己的事，即使你有問題問他，店員臉上的表情，也是十足英國--禮貌中帶有疏離，不知道是不是因為北國的陽光不足，要想在英國人的臉上看來陽光式的表情，也是難上加難。

不過，在這樣的環境裏，你可以放心的選擇自己想要的品項，在專櫃前混得再久，也不會有人理你。好處是絕對的獨立與自在，壞處是一切都要自己來。

另外值得稱道的是，他們的商家已經完全接受法律的教育，只要在七天內，退貨沒有問題，商家也不會斤斤計較你的理由。只要出示收據，你可以說「這個，我不喜歡它的顏色」，但實際上你只是發現另一家更便宜的貨色。大一點的店家，甚至提供更長的期限，如兩個禮拜，有些郵購商店，因為看不到實物，提供

的期限更長，依我的經驗，最長甚至到達二十八天。

剛到英國的時候，我還不太知道哪裏可以買到便宜貨，所以我總喜歡東逛西逛，重覆的玩著「退貨遊戲」。只要發現哪一家「更便宜」，就拿著期限內的商品到店家換回現金，再去另一家店買更便宜的同類產品。

所以英國的顧客，雖然沒有受到一樣的禮遇，但卻得到更多的保障。

保障了顧客，相對的也要保障工作者的人權。這裏不時興台灣的「搶錢」觀，即使商家的鐵門已經拉下了一半，只要有客戶上門，往往商家還是會勉為其難的，讓你從鐵門下鑽進，做最後一筆生意。

在英國，想都別想。對於下班時刻，英國人比誰都準時，秒針一到，商家或店員絕對關上大門，對你說「對不起」，雖說錢能通神，但可買通不了英國人的下班時間。

甚至，有時不能用準時來形容，而該用「提早」來形容，四點半下班，他們可能從四點準備，然後四點二十就已經不再接待客戶。

還有他們也不像台灣，一年三百六十五天，一天二十四小時，你總是可以找到願意做生意的店家。這裡的店家像有默契似的，比賽著誰開的時間少，有的從早上「十一點」開到下午四點，三不五時還給你休息一下。簡直就是擺明了，今天就是不想做生意，怎樣！

此外，英國有所謂的open market，就像台灣的菜市場，但是比台灣的菜市場整齊，在裡面買東西最大的特色，就是可以討價還價，對台灣人來說非常親切。

　　不過這裡有時可以撿到便宜貨，有時也不然，就像台灣的地攤，完全看個人的能力與眼光。而且在open market買東西通常不會有收據，店家總會笑吟吟的對你說，沒關係，東西不滿可以拿來退換。但是我到現在，還沒有試過是不是真的能換，雖然我相信英國人尊重法律的習慣，但是法律講求證據，沒有收據，總是沒有證據。想貪便宜的人，還是得小心點囉！

~~ 英國天使費娜 ~~

第一天抵達英國，除了海關的官員，我第一個談到話的英國人，就是費娜。

高大的身材、棕色的短髮、稜角分明的五官、以及標準英式的口音……第一次見到費娜，她的樣貌與語音在在提醒著我：經過近二十個小時的轉機、飛行，我已經遠離家鄉台灣、到了一個陌生的國度。

費娜是一個物理治療師，平日在醫院工作，但常常利用假期到東南亞國家、為當地的貧困兒童做義務的教學活動與醫療服務。因為某次到孟加拉當義工的機緣，費娜和孟加拉公主一家熟識。孟加拉公主來英國留學之後，費娜受小孟的父母之託，義無反顧的扮演起嚮導兼保姆的角色。我和安身為小孟的室友，也因此沾光。

到英國的第一天，費娜便開車載我和小孟、安三人到超市，購買寢具等生活用品。當我們逛了一家又一家的商場、拎著大包小包回到宿舍，三個人都累得癱在客廳的沙發上，一動也動不了。惟有費娜，仍然精神奕奕，從客廳走到浴室、又從廚房走到每間臥房，仔細的檢查了各項瓦斯、門鎖、炊具等設備，確定該有的都有，她才放下心，對我們說這房子應該是ok的。

我和小孟、安都不知道該說什麼，只好一疊連聲的說「謝謝！」費娜只微微一笑，留下她的電話號碼，一再叮嚀我們，有任何解決不了的問題，都可以打電話給她。

於是，本來應該是最難熬的第一天，就因為費娜的出現與幫忙，我們幾個留學生，少掉了許多初到英國的不適應、反而多了

幾分對英國人情的好印象。

　　剛到英國的時候，大約九月中旬，台灣還是秋老虎的燥熱天氣，但此地的溫度大約在十到二十度之間，已經相當台灣的暖冬。而開學沒多久後，天氣就開始冷了，氣溫降至十度左右（雖然對英國人來說十度以下只不過是「涼」而已一_一」）。那時香港女生安已經離開，剩下我和小孟兩人，偌大的屋子更嫌空蕩，也更令人覺得冷了起來。

　　小孟於是和我說好，開始於早晚溫度較低時，打開屋內的暖氣系統。但不幸地，不知是不是我們不太會用，暖氣竟然沒幾天就壞了。害得我和小孟夜裡躲在棉被裡，總是縮得像隻煮熟的蝦子。我們向學校租屋處反映，校方人員答應派人來修理，但我們等了好幾天，卻遲遲沒有下文。想來在英國行政人員的眼中，十度以下根本是「秋天」，一點也不算冷，無法了解這些亞洲房客的「緊急」需要。

　　有天，費娜下了班，順道來看我們的生活情況。她穿了一件看來單薄的風衣、一進屋內，便將風衣脫掉，裡面僅著有一件棉質的長袖T恤。費娜一轉頭，看我和小孟在房間裡面，都還穿著厚厚的冬衣外套，不禁哈哈大笑，問：「有這麼冷嗎？」

　　我和小孟開始抱怨起故障的暖氣設備系統以及校方緩慢的行政效率。費娜一聽睜大了眼睛，說：「不會吧！你們的暖氣壞了這麼多天，都還沒修好啊！」

　　我和小孟兩個互望了一眼，一臉被凍到不行的無奈表情。

　　費娜不禁又笑了起來，說：「我家裡有兩台可攜式暖氣機，反正我現在也用不著，那就先拿來借你們用吧！」。我和小孟聽了都興奮得跳起來，只差沒把費娜抱起來繞房子一圈。若說她是

我們的「救世主」可能太誇張，但說是我們的「救星」，那她可是絕對當之無愧的。

轉眼間十一月就到了，天氣愈來愈冷，太陽愈來愈早下山，大約下午三、四點，天就黑了。因為安全的考量，大部分的留學生在天黑後，便選擇待在屋內儘量減少出門。我和小孟也不例外，但漫長的黑夜對我和小孟都是全新的體驗，總是商量著何時兩人在天黑後，結伴出門去透透氣。費娜聽說我們閒得發慌，便告訴我們：十一月五日快到了，屆時是英國的「營火節」，各地都會施放美麗的煙火，正是一個帶我們出去走一走的好機會。

十一月五日的晚上，費娜果然遵守諾言，帶著我和小孟來到施放煙火的廣場上。那裡擠滿了人潮與小販、還有許多鑲滿霓虹燈泡的流動式遊樂器材，在夜裡發著彩光，與滿天的絢麗煙火爭輝。我和小孟不斷東張西望，彷彿希望將所有沒見過的異國場景都在眼下收集起來

費娜帶著我們穿越人潮、找到一家賣甜甜圈的小販，三個人各買了一袋甜甜圈，就這樣邊走邊吃起來。

三人好不容易找到一個視野良好的據點，我們一面看著天空此起彼落美麗的煙火，費娜則一面我和小孟解釋「營火節」的由來：原來西元一六零五年，英國有一群擁護舊教的分子，因為不滿當時國王詹姆斯一世傾向新教的政策，決意進行一系列暗殺國王、轟炸議院、奪取政權的計畫。他們租下一間位於議院正下方的地下室，儲藏了好幾桶火藥，預備在議會開會時引爆，一舉消滅所有政界要角，但是在計畫實施前，因為其中一個成員，將消息透露給一個當議員的親戚，很快的國王和內閣成員都知道了這件事，於是所有參與該計畫的成員都遭逮捕，並且立刻處以極刑。數百年過去了，但是英國人並沒有遺忘這段新舊教之爭的歷

史。於是每年的十一月五日，英格蘭各地都會舉辦「營火節」，各城鎮在公園或空地裏堆起熊熊的篝火，並燃放美麗的煙火，象徵當時的「火藥」，群眾圍在一起，歡唱舞蹈，有的人甚至藉著營火烤起馬鈴薯大餐，小孩子的花樣更多，他們用舊報紙或稻草填裝舊衣成人形，代表當時的異議分子，然後帶著人偶在街上遊走，向遇到的人們伸手要銅板。逐漸的變成一場冬天來臨之前的「嘉年華」。

費娜講得興起，我和小孟也聽得津津有味。煙火施放到一半，廣場上播起流行歌曲，在音樂的催化之下，愈來愈多人大聲唱起歌、扭動起身體來，廣場上充滿了歡樂的氣氛。費娜、小孟和我也自然的跟著節拍、開始跳起自創的舞步。我開始覺得，不管舊教新教、天主教基督教，都有提到天使的故事。不過，如果真有降臨凡間的天使，我想，那天使的樣子，大概就是費娜的樣子吧！

第三篇

異國走走停停

~～ 倫敦驚爆與英國社會報告 ~～

我在BBC網站上，看到剛出爐的年度英國官方社會調查報告，列出了好些有關英國社會種族比例、家庭組成…等的有趣數據，根據這些數字，可以發現英國社會幾個變化的趨勢：

第一是少數種族人口比例的緩步上升，至今已有百分之十居住在英國的人「不是白人」，其中又以來自南亞的人口居最大宗，占總人口數的百分之二點二。這點和我在這裏幾個月的生活經驗不謀而合，來自孟加拉、印度、巴基斯坦的人們，也是約克夏郡最大的種族次團體，這些國家以前是英國的殖民地，長期受英國的文化、教育薰陶，多半抱著取得永久居住的野心而來，許多人在這裏工作、成家，勢力網絡愈連愈密。其次是非洲人，再來才是華人，僅僅占百分之零點四，這其中大部分是來自大陸，有些是東南亞的華僑，絕少數是台灣人如我。

第二是結婚的家庭愈來愈少，同住一家的戶口裏，僅僅一半是有結婚的couple。相對的，單親家庭愈來愈多，或者，不婚的同居人口，也愈來愈多。結婚仍然是傳統的第一選擇，但近一半的家庭作了其他的選擇。甚至，獨居的人口也在上升中。雖然這對世界各國來說，大約趨勢都是如此，但對一向注重家居生活的英國人來說，毋寧是個大消息。根據我的觀察，英國老一輩的人仍然堅持著傳繞的光輝榮耀與社會規範，年輕一代的價值觀，就真的是愈來愈分歧，大家印象中的「英國紳士淑女」，在年輕世

代，是愈來愈難看到典型。

第三是英國人的健康愈來愈不好，隨著社會高齡化，有慢性病的人愈來愈多，不但全國花費在照顧老弱殘病的時間上總體增長，連英國人的心裏，覺得自已「不健康」的比例也愈來愈高。真不知道是身體影響心理，還是心理影響身體？？不過，醫療系統的設計與醫護服務的品質，一直是英國社會議題的焦點。

更令我覺得有趣的，是英國媒體對這分數字報告的廣泛分析報導，以及官員對這分數據的認真態度，說調查結果對將來政策方向有很大的參考價值。這說明了英國社會已經很習慣這樣的方式，先是官方委託學術界作規劃嚴謹的實地調查，再來是全民廣泛的討論，最後是官方對報告結果的尊重。一來，我發現他們凡事都喜歡「調查研究」，二來，我發現至少在口頭上，英國官方講究實據，和台灣流行漫天開價的政客比來，這裏的氣氛真是有很大的不同。

當然，對外來客而言，我最關心的還是他們的種族問題。南亞人口有許多伊斯蘭教徒，在這分調查裏，伊斯蘭教已經繼基督教之後，成為英國的第二大信仰。特別是自從英國支持美國對伊拉克的強硬立場、成為恐怖分子報復目標之後，反恐與反戰兩派一直爭論不休。尤其是2005年7月，恐怖分子選擇倫敦地鐵製造爆炸，這個結果牽動著大家現在最敏感的一根神經。

倫敦地鐵四通八達，猶如一座地下城市，向來是多數倫敦人每日生活的必經之地。但爆炸案發生之後，英國人的冷靜與媒體的自制，讓我嘆為觀止。我問我的英國朋友費娜，會不會因此不敢去探望她在倫敦當律師的哥哥，她聳聳肩，說：「不會。」然後用堅定的語氣說：「如果我因此不去倫敦，我想這就無異讓恐怖分子攻擊達到目的，他們就是要讓英國人活在恐懼之中。所以

我不會因此而改變我的生活。」

　　個人的想法是如此無懼於惡勢力，另一方面，整個社會也顯現出驚人的自省能力。當英國政府在考慮是否要驅逐「可疑分子」時，電視新聞不斷在討論該政策是否符合「人權保障」；同時，我聽到廣播節目裡，只要提到倫敦爆炸案，總不忘提及「文化多元主義」，並一直反省英國會不會因為這起爆炸事件，影響到他們向來堅持的文化多元、族群包容的立場。

　　作為一個外來客，我只能以讚嘆的心情。他們平日訓練有素，恐怖攻擊一旦發生，每一個環節都知道此時最需要的是冷靜處理，而非慌亂緊張。而事情發生之後，整個社會所顯現出來的，又是包容精神多於打壓異己。這一點，雖然是「英國社會報告」沒提到的，但卻是我的親身經歷。英國人這次的表現，實在讓人不由得豎起大姆指，說：讚！

~~ 倫敦鋼管舞學校 ~~

　　週末的夜晚，我隨手打開電視，耍弄著手上的轉台器，原本不期望看到什麼有趣的玩意兒。結果轉著轉著，竟看到一個拍攝倫敦鋼管女郎學校的紀錄片。

　　校長是一個徐娘半老、已經退休的舞孃，圓圓的身材，圓圓的臉，總是面帶笑容，看起來像個微笑泰迪熊。她操著一口好聽又標準的倫敦口音，對著電視台的攝影機，說她希望能將自己的經驗傳承下來、這個學校對她的意義很大、她將會盡心盡力提供資源給有心學習的人…好玩的是，只要去掉「鋼管舞」這三個字，這位「校長」幾乎是一派教育家的口吻。我還記得她的名字，叫做嬌（JOE）。

　　鏡頭一下子轉到這一期招收的學生，總共有四個人。第一個是一個金髮、甜美的白人，看起來像是個模特兒，說話非常慵懶，眼睛眨動的次數比她說的字數還多，讓人不得不注意她洋娃娃般的大眼，忘了她到底說過什麼；第二個是一個看起來健康、有活力的黑美人，原本的職業是一個服裝店店員，她說她想要嘗試不同的生活；第三個是一個義大利美女，笑起來很有魅力，她自我介紹說她有雙重性格，白天是一個中規中矩的瑜珈老師，夜晚是一個瘋狂的派對動物；最後一個學生和第一個一樣，也是金髮藍眼，面對鏡頭的笑容還有些生澀，看起來是所有學生裏最害羞、也最年輕的一個，她說她剛剛從學校畢業，還不知道自己該做什麼、能做什麼，所以她看到招生廣告就來了。

　　第一天，嬌讓所有的學生站在四面是鏡子的房間裏，一絲不掛，習慣自己裸體的樣子。然後，嬌親身示範了一連串的舞蹈動

作，還有一些舞台的技巧，包括技窮時如何巧妙運用周邊的道具變化花招、出醜或跌倒時如何分散眾人的注意力、以及如何在一人獨秀裏，製造強烈的效果，抓住觀眾的眼光。

待學生們漸漸懂得其中的奧妙，嬌選了一天帶著大家到倫敦最有名的髮型沙龍裏設計造型。據說這是奧黛麗赫本生前在倫敦，常常光顧的髮型設計店。看來僅有四十出頭的首席設計師（我想這家店應該已經換過幾代設計師），一邊和她們聊著想要的髮型，一邊忙著剪剪燙燙。

一出店門，所有人都煥然一新，精神倍加，嬌宣佈了這個課程已近尾聲，最後一天她會找一個可供表演的舞台，讓學生做「畢業成果展」。

真正到了應該表演的那一天，所有的學生在台下都緊張的半死。但是一旦站在舞台上，又像是換了一個人，每個人的表現都出乎意外的穩健，個個博得在場觀眾的滿堂采，嬌高興的流下了眼淚，說：「我真以妳們為榮！妳們個個都通過了畢業考，都可以拿到本校的合格證書！」她一個一個念著當期學生的名字，依次頒發鑲有金邊的結業證書。學生們輪流和嬌擁抱，大家都激動的流下了眼淚。

猜猜看，這些學生畢業以後做些什麼？金髮洋娃娃賦閒在家，每日與小貓為伴。陽光黑美人又回到了自己的本行，一邊整理架上的衣物，一臉嚴肅的說這個課程給她莫名的啟發。瑜珈老師仍然在白天上瑜珈課，晚上到派對狂歡；最最出乎大家意料之外的，是剛開始時最生澀的一個學員，選擇了到東區一家高級的酒吧，開始了她的鋼管女郎生涯。現在已經是一個頗受歡迎的新生代舞孃。

而校長嬌，是的，仍然主持著她的「倫敦鋼管舞學校」，繼續春風化雨一代又一代的學生。

情色與藝術

在台灣人的印象中，鋼管舞似乎是低俗色情的消費品；但在歐美地區，鋼管舞是專供成人欣賞的舞台表演。既是一種表演，就有其表演專業。除了以此維生的表演者，也有社會名人（例如演出星際大戰的娜塔莉波曼）為了雕塑身材，藉著練鋼管舞讓體態更為優美。英國更年年舉辦「鋼管舞」大賽，選出身材最性感、舞蹈最火熱的鋼管舞女郎。

因此在倫敦，鋼管舞不但是一種正當職業，也是一種舞台的表演藝術。需要姣好的外型、更需要一定的舞台訓練。

~～ 美英伊媒體大戰 ～~

2003年初，美英聯軍對伊拉克發動攻擊，從戰爭蓄勢待起、直至真正開打，一直是英國各大媒體最最紅火的話題。雖然留學生不用上戰場，但每天從電視直播傳送出來的畫面與大量的報導，都彷彿可以身歷其境，感受到戰爭已經如火如荼的進行。不過，其實，早在第一顆炸戰空襲巴格達之前，另一場血拼廝殺，已經悄悄的上演。

對伊開戰之前，英國各家媒體就針對伊拉克的問題，做過成千上百個相關的節目與專題，有靜態的政策辯論、也有動態的現況報導；有歷史性的深度分析，也有純粹資料性的報告。開戰在即，英國首相布萊爾的每一句談話，都是當天政策性辯論節目的熱門話題；英國內閣閣員在針對反戰開戰政策投票前的一言一行，也動見觀瞻，尤其在一位執政黨的內閣閣員，以「違背良心」為由毅然辭職後，當時評論家紛紛預測，布萊爾將面臨英國政府有史以來最大的黨內反叛運動；除了英國自已的內閣官員與學者外，歐盟裏兩個對戰爭唱反調的聯合國常任理事－法國與德國，也常常有代表上電視發言。

開戰後更不用說，這是自從現代媒體無遠弗屆以來，第二次受到全球媒體「全面監控」的戰事。隨著美英聯軍持續從空中投入砲彈轟炸巴格達，媒體也不斷的從空中放送訊息「轟炸」閱聽的大眾。例如英國最大牌的媒體－英國國家廣播公司（BBC），在它的二十四小時新聞頻道上，幾乎每個小時都有一次、持續至少半個鐘頭的伊拉克戰爭報導。

第一次受到現代媒體全面監視的戰事，是一九九一年的波灣

戰爭，當時媒體扮演的角色，在波灣大戰後已成為英國媒體學者爭相探討的研究課題。不過，當時的媒體生態，發展至今，景觀已經大大的不同。其一，是波灣戰爭時的媒體，還只有電視、廣播與衛星系統，具有對全球發送訊息的力量。這一次美英對伊拉克的戰爭，除了原有的媒體群外，又加上了九零年代新竄起的網際網路，挾著無與倫比的即時性與互動性，媒體的力量比十年前更大、更強。

其二，波灣戰爭時，整個阿拉伯世界還依靠著CNN，得知戰爭的最新消息，不用說，所有的觀點都是美國為本。這一次，阿拉伯世界已經建立自己的媒體網絡，因為在地的優勢與同仇敵愾的心情，阿拉伯本土媒體有更好的機會，接近一般英美記者接觸不到的管道、得到西方媒體搶不到的消息。它們發出來的消息，也往往令美英聯軍難堪。例如前一陣子美國的指揮官，向記者宣稱伊拉克第五十一師已經全面投降，但根據中東當地媒體的報導卻指稱，該五十一師仍然繼續奮戰，誓言「為伊拉克人民戰鬥」，還請到該師師長親自出面接受訪問，聲稱美國單方的消息純屬杜撰。

這就牽涉到一個有趣的問題，也就是近代政治與媒體的互動關係。媒體的報導究竟是為了追求真相，抑或是為政治宣導而服務？

我最近在英國的時代報紙上，看到幾篇討論這個主題的文章，對於英國媒體的自省能力頗為訝異。其實上面那個問題的答案，許多人的心裏老早就有數，特別是在戰爭的非常時期，受立場、資源、文化、背景…種種限制，要媒體摒除政治壓力，秉公報導，真是談何容易！

做不到理想的境界，這原本是現實世界的常態，但是英國

媒體居然會在此時，出現觀照媒體生態的文章，而且見解頗為
犀利，我還是忍不住驚訝，只能說，做錯了事與做錯事會反省之
間，還是有一些差別在的。

BBC系統與電視執照

　　在台灣看電視，大家都已經習慣不用付費，所以不
管電視節目再怎樣爛、或是廣告再怎麼多，觀眾除了罵
幾句，也無可奈何。在英國則不然，基本上每戶家庭購
買電視前，都要一併購買電視執照，每年費用大約一百
多磅，而這些經費正是「英國廣播公司」（通稱BBC）
的經營基礎。

　　從最早以電台節目起家、到現在BBC已經成為巨大
的媒體企業。它旗下擁有數個電視頻道、全球化的網路
服務、近年來更著力於出版、書籍、音樂等，經營層面
愈來愈多元。

　　BBC已經成為全球最受肯定的媒體，尤以其新聞專
業，深受世界所信賴。在英國，BBC新聞從業人員的地
位很高，放眼望去，牛津、劍橋的畢業生比比皆是。

　　這種相當於全民投資、但委由專業獨立運作的媒體
管理方式，在目前台灣高喊媒體改革的時候，或許值得
借鏡。

～～ 反戰與情人節 ～～

　　西洋情人節的早晨，天氣非常陰冷，走在佈滿暖氣管路的地板上，仍然免不了一絲涼意由腳底直達頭頂。

　　早上還有課，坐在教室裏面對一扇大大的落地窗，隨著時間一分一分的過去，英國多變的氣候一覽無遺。先是雲層漸漸的散開，透出一線陽光，由線而面，大片大片的金黃掩不住的射進了講堂，這樣的光與熱，在英國是相當稀有的，更何況是在冬天…我稍稍感到一些節日該有的歡樂氣氛。

　　走出圖書館，經過學生會，迎面來了一個長髮女生，手裏拿著一分厚厚的文件，她攔下我說：「你支不支持反戰伊拉克？」這個問題最近在英國真是熱到不行，連到我家修鎖的工匠都和我聊起。

　　「我不喜歡戰爭。」我說。

　　「那你在這份文件上簽個名，表示支持吧！」她熱切的拿出名單與筆。

　　我看到名單上已經列了一半的人名，拿起筆，填下我的名字還有住址。

　　「我們反戰團體在星期六在倫敦有一場示威大遊行，你能不能一起參加？」她又熱切的問。

　　「我…我恐怕不能去。」我說。星期六我想做別的事。

　　她有點失望：「那你要不要留下聯絡資料，我們有任何活動都會通知。」

　　我乖乖的填下email信箱，拿了一張他們的小海報，準備回家貼在窗戶上。雖然我住在三樓，大概沒什麼人會注意閣樓上的小窗戶，最近增加一張小小的紙片。

　　繼續向前走，來了一個金髮、微笑的男生：「情人節快樂！」他笑得很開心的說。還送給我一朵紅色的康乃馨。

　　雖然不是玫瑰，我還是很高興：「情人節快樂！」

　　「給我一個擁抱吧！」他張開了雙手。

　　可能因為陽光太好，可能因為花色紅艷，我正有一種想擁抱某人的心情，於是我也鬆開雙手，高興的輕擁對方。

　　回到家，我將那朵花儲在礦泉水瓶裏，擺向迎著陽光的方向，泡了一杯茶，手裏握著熱呼呼的馬克杯，一轉身，發現原本小小的花苞竟然已經伸開來，正對著太陽努力的綻放哩！

情人節的康乃馨

　　情人節送的花，一般當然是以玫瑰為主。但在反戰的主題下，康乃馨更有母愛的意味，也象徵了人類對自然與和平的嚮往。換句話說，玫瑰如果代表了男女之間的激情，康乃馨則由母愛衍伸，更能代表一種不求回報的獻身精神。前者可說是「小愛」，後者則是「大愛」。因此，對不認識的陌生人，送康乃馨比送玫瑰，更能夠表達反戰情人節的精神。

~~ 初訪劍橋 ~~

　　往劍橋的路上，坐在火車靠窗的位置，窗外的景色就像是一部背景優美的英國電影。大片大片平坦的綠，三不五時看到毛絨絨的綿羊在草地上低頭交耳、幾匹雜色馬繞著草原走走跑跑、還有一群一群的小豬們在草坪上打著滾。幾座外觀樸素的農舍散落在平原上，偶爾會看到建築精美的別墅，院落前停放著一部紅色的小車子，讓人不禁揣想，裏面住著什麼樣的人家。

　　到了劍橋，第一眼看到的是它的火車站，這樣一個著名的地方，總車站卻出乎意料的小巧，左轉右轉幾步路就走完了，小巧卻乾淨，沒有太多的垃圾筒，卻沒看到一張紙屑果皮。

　　走進車站大廳，有旅客過境的腳步聲、行李滑過地板的嘎嘎聲，卻並沒有太多話語聲，因此顯得特別安靜。我正想著該到哪裏去拿一些觀光手冊、旅遊資訊的廣告，一抬頭卻發現白色的石牆上掛著一片鐵板，上面用玻璃鑲著一格一格的廣告，無非是住宿、旅行之類的服務，每一格廣告右下角都有一顆小小的紅色按鈕，我看了半天，才發現鐵板旁掛著一隻電話筒，只要拿起話筒，按住紅色按鈕，就會自動撥接到該公司的免費服務電話。安靜卻有秩序，這是我對劍橋的第二個印象。

　　最後決定在車站旁的一家民宿（guest house）落腳，房錢是算人頭的，一人一晚24磅。這家民宿從外表看來不太起眼，裏面卻舖著厚厚的地毯，一色原木系列的裝潢，經過餐廳的時候，發現他們不像一般的青年旅館，只提供簡單的紙杯與塑膠餐具，舖著兩層桌巾的餐桌上，一分分擺設好的餐具是一套套精美的彩瓷；房間不但有大大的彈簧床、電視，小方桌上放著煮水機、茶

包、糖奶一應俱全，讓住慣青年之家的我，覺得自已好像走到一個貴族之家裏，又問了老板一次價錢，確定一下自已沒有聽錯。

放下行李，帶著地圖和背包，我又回到火車站準備搭公車到市中心去。從地圖上看到市中心離火車站好像很遠，其實坐公車三分鐘就到了，我這才發現自已根本沒有看比例尺，如果走路的話，二十分鐘就到了。照這樣算的話，整個劍橋，一天就可以走完！

市中心不大，店面群聚在一起，來來往往的人卻很多，似乎有一半以上是來朝聖、滿臉好奇與虔敬的觀光客，讓劍橋原本就不寬的街道，更加顯得擁擠。市中心裏分佈著幾間院落森森的學院，一貫的格式是迎面先有一片花草鮮媚，中間夾著一條小徑，通往爬滿了藤蔓的古老建築，這些學院的門雖然從來都不關，但是門外的告示上都寫明了「私人區域，禁止觀光」，只允許人站在門外，遙遙望著被綠藤掩過的門窗，想像有多少學術上的成就，在那面黯淡的窗後完成，深遠而莫測，無法盡窺全貌，愈是顯得神祕。每家學院門旁都釘有一塊黑底燙金的名牌，昭告著全天下這家學院的來歷，往往寥寥數語，只寫著建立的年代與名號，不過，其實只要說它屬於劍橋的一部，也就夠輝煌的了。

儘管市中心看來已經氣質不凡，這裏還只是一個起點，再往下走，到遠近馳名的康河旁，那才真是劍橋的精華所在，劍橋最頂尖的學院都依著康河，最美麗的景色也靠著康河。沒有河，何需橋；雖然沒有康河，劍橋仍然是劍橋，但是這裏的夢，就不會那麼美，那麼好。

~～ 優雅劍橋 ～~

在劍橋的日子，幸運的遇到好天氣，一路上的陽光既明亮又溫柔 ，將整個小鎮包圍在金黃的光線裏，看來格外安靜宜人。

從市中心往康河的方向走去，一路上行人愈來愈少，難得見到在地人，連背著背包、左顧右盼的遊客也稀疏了，可能大家也分散到不同的路線去了。我漫步在小鎮午後的街道上，只覺得這裏的一磚一石都看來一派自在，似乎正慵懶的看著行色匆匆的人們，自然，它們早就見證著劍橋的過去與現在，不用急著趕到下一站參觀。

轉角處有一家酒吧，裏面聚著三三兩兩的酒客，手握啤酒，目不轉睛的望著電視上的足球轉播，連酒館主人也盯著那方小小的螢幕，和大家一起指指點點，我推開酒吧的大門，想借個洗手間一用，連連招呼了幾聲，卻竟然無人理睬，我不禁覺得好笑，自顧自的長驅直入，然後大步走出門，主人連一眼都沒有從足球賽事上移開。看來這個小酒館，也可以代表一部分、隨興瀟灑的劍橋。

拐進一條僻靜的小巷，眼前忽然被一片粉紅色所淹沒。原來是一朵一朵小小的花瓣，風一吹，就從一棵不知道幾歲的老樹上紛紛落下，形成一片花雨，在碎石路面的間隙上，滿滿的填上了粉紅色。我剎時為之眩目，立在原地，欣賞著這意外的美景，迎面走來一個白?蒼蒼的老者，穿著黑色的風衣，神態優雅，看來是一個典型的英國紳士，看我立在當地良久，問我要不要拍張照片，他可以幫忙。我連忙點頭，在花樹下留下了身影。老者拍完了照片，交還相機給我，又邁著他優雅的步伐離去。直到他離開

之後，我才想到忘了問，他如此從容氣派，是不是劍橋大學的教授。

漸漸的走近了康河，窄小的街道豁然開展，所有的建築都忽然讓位，讓康河流過的岸旁只剩下一大片綠草地，還點綴著幾株蓊密的大樹，遊客與學生們在草地上或坐或躺，享受著這天然的美景。河旁停泊著好幾隻小舟，向河的另一邊望去，可以看到著名的「數學橋」，由外形看來是一座由長條木板搭成的拱橋，其神奇之處在於這完全是用力學原理，將一塊塊木板拼搭而成拱形，可供人行走。這座橋源於簡單的設想，落實於複雜的運算，實現於詩意的成品。橋下有幾隻小舟，緩緩泛過康河，當我正為這眼前的美景發呆的時候，忽然有一個身材高大、穿著白衣黑短褲的年輕人叫住了我，他的輪廓看來是個歐洲人。

「嘿！　你想不想試試河上泛舟？」他說，手上還拿著一張行程總覽圖。

「看來不錯的樣子。」我隨口說。

「我們會帶你走過所有康河上最有名的學院，附帶介紹一些有趣的歷史掌故，全程大約一小時，一個人只要十磅。」

我遲疑了，「我想自己先沿著河邊走一圈，或許之後再回來坐船吧！」

他迅速的從口袋裏拿出一疊小單子，撕下一張，在價目表上寫下八磅遞給我，「這是學生價，如果待會你回來時想坐船了，只要拿著這張單子，到那邊找我就行了。」我順著他指的方向看去，還看到好幾個人，也拿著類似的行程總覽圖，也四處張望，尋找著顧客。

「好吧！　我會考慮的。」我收下了小單子，一邊問，「你

是這裏的學生嗎？」

「是，」他笑了，笑起來非常爽朗，好像今天的陽光一樣，「我念的是英國文學系，現在二年級。」

我向他揮揮手，「好吧！我會考慮你的提議的，再見囉！」

「再見！」他也向我揮揮手。

我又繼續步上我的旅程。

~~ 詩人劍橋 ~~

　　一邊念書一邊靠著康河的名氣賺點小錢，這看來是個不錯的主意，搖搖船兒說說故事，這種打工的機會大概只有劍橋的學生才有的吧！因為康河為他們提供了天然的背景，而劍橋為他們提供了無數的故事，隨手一摘，遊客們都會聽得津津有味。

　　順著康河走，它低低淺淺的流過，遠看像是為這片綠草地鑲上銀線，在綠色裏添了一分變化的色彩；近看河上的清波在微風拂動下，泛起圈圈漣漪，在寧靜裏多了一些活潑的點綴。河兩岸的楊柳，此時已長出了細葉，迎風搖擺，既為過往的遊人提供了避蔭，又為康河增加了許多嫵媚。沒有康河，這片草地顯得過於單調，這群學院的建築顯得太過陽剛。康河之於劍橋，實在有畫龍點睛的效果。

　　一路上就看到那些著名的學院一個一個順序出現在河邊，一所一所鐵欄大門上寫著每一個響叮噹的名字，門內是一條草木夾道的長徑，遠遠的可以看到雄偉的主建築，用白色系的石頭蓋起、古堡式的學院。不像市中心，這裏的地更廣，氣派更高，大門離主建築更遠；而且每家學院的鐵欄大門外總有一個儀態嚴整、長袍高帽的老者守著，如果想入內一探究竟，必須付二到四磅的參觀費，愈有名的學院，費用愈貴；而且可以想見的是，必然還是有許多區城只屬於該校師生專用，遊人不得擅入。想到這裏，我真想去哪裏借一張劍橋的學生證來，就可以進去四處亂逛，要不然付這個「重要地區不得參觀」的參觀費，實在讓人覺得冤枉。

　　走到後來，終於有幾家學院是容許遊客進入大門，自由參觀

校舍的週遭環境。雖然還是不准進入教室、圖書館等區域，我四處逛了一陣，放下背包，靠在一棵柳樹旁坐下，一旁就坐著幾個當地的學生，在天然的燈光下看書，還有幾個就坐在無遮蔽的草地上，抬著頭面對陽光，一副我已醉在這天氣裏的模樣。這讓我想到我是亟亟想要進去室內一看究竟，這裏的學生卻迫不及待的想要衝出戶外享受春光，不禁一笑。

　　一直晃到下午五點半，我才慢慢吞吞的起身，往住處的方向走。雖然天還亮著，對英國而言這時間已是夜的開始了，一路上人煙愈稀，路經許多小店都已閉門謝客，只有酒館和餐廳還熱鬧的開著，裏面一群群衣著光鮮的客人們舉杯高談闊論。經過一天的工作與疲憊，這是英國人放鬆自己的時候。尤其是在這個季節，天愈來愈長，不到晚上七、八點日不落，室外的溫度又愈來愈高，人們特別喜歡坐在戶外的位置，一邊看著路上人來人往的動靜，而自己也成為街道上的一景。

　　趕在天黑之前收拾好行李，抵達車站，打算在今天結束之前踏上家門。行囊裏還是裝著和出門時一樣的東西，卻好像沉重不少，大概是因為我有帶走一些，這個醉人的小鎮的香味吧！安靜與自足，靈性與內斂。如果要具象劍橋的靈魂，就我看來，那就是一個行走於康河河岸之上、腹有詩書氣自華的詩人。

～～ 公園裡的神秘男子 ～～

　　我家附近有一座大公園，離家大約五分鐘的路程。天氣好的時候，我有時會到公園裏散散步。從我家的巷口穿過公園入口，迎面就是一條林蔭森森的小徑，一邊散步一邊看過往的行人。常常看到的有過路的衣裝整齊上班族、遛狗的時尚美婦人、戴隨身聽穿運動衣的學生…我最喜歡看那種一家好幾口，大大小小出來逛公園，有老有小好不熱鬧。小徑兩旁有網球場、還有好幾片大草地，常常看到幾個英國青少年聚在一起踢足球。

　　公園向來是安靜的，只有一次，在公園散步的時候，發現耳邊傳來一陣吵雜的「嘎嘎」聲音。仔細一看，原來是一旁有一個年輕的男子開著除草機，正努力的整理那一大片草坪，除草機像是大怪獸一樣，發出狂吼的聲音。

　　我沿著小徑走著，離那部除草機愈來愈近，聲音也愈來愈大，我不禁皺起了眉頭，突然，那男子將除草機關掉了，我不知道是什麼原因，但是很高興這裏的世界又回復到寧靜。

　　忽然那個男子說話了：「哈囉！你好嗎？」

　　我看看方圓五里沒有別人，才知道他正在對我說話：「好啊！你在忙啊！」

　　「是啊！不過我就快要做完了，今天我只要整理這一片草地就行了！」他說。

　　「哦！」我不知道要和除草的男子說些什麼。但是定睛一看，這才發現他有一頭金髮，藍眼白膚加上他的口音，應該是一個英國人。

「你是來做運動的嗎？」他問。

「是啊！來散散步。」我說。

「我覺得你很漂亮！」他說。

我忽然覺得這個公園很大很空曠，大到我不知道應該躲到哪裏去，但是想想人家總是好意，只好勉強微笑說：「啊！謝謝你。」

「其實你不需要做運動呀！你看起來已經很好了！」他又加上一句。

我加快腳步，一邊說謝謝，一邊快速經過他和他的除草機，往另一個方向走去了。

隔了一陣距離，我仍然能夠聽到遠處除草機的聲音，看來他又開始作業了。我忽然感到有些難過，是從什麼時候開始，我連一句讚美的話也不能相信。他看起來還算誠懇，也不像是惡意的搭訕。但是我卻急急忙忙的走開，第一個反應就是不想惹上任何麻煩，相信當時我臉上的表情應該不會好看到哪裏去。或許是被許許多多的留學生受難經驗嚇怕了，但是一顆無法開放的心，又怎麼真正吸收異國文化的養分？

不過，我對此事的反省直到走出公園，就完全拋諸腦後了。此後有一個多月，我都忙著寫我似乎永無止盡的作業，早把這件事給忘到九霄雲外去了。

直到今天，孟加拉公主和我閒聊的時候，談到她有一個舅舅在倫敦市政府內當電腦工程師，是該部門的頭頭，一年可以賺大約三百萬台幣。

「可是我舅舅說啊，如果給他機會重頭選擇的話，他寧可去當這裏的園丁。」孟加拉公主說。

「為什麼啊？」我問。

「我舅舅說這裏的勞力者賺得錢不比勞心者少啊！尤其是園丁和造房子的工匠。他說他上次請了一個工匠幫他整修房子，一問之下對方的時薪竟然比他還高，他真是差點吐血啊！」孟加拉公主說。

「那園丁呢？」我問。

「園丁在英國的待遇很好哦！除了高薪，還有為政府公園工作的話，政府會配給你免費的房子哦！而且就在公園的附近，每天起床就看到一個美美的大園子，你說這好不好啊！」孟加拉公主無限嚮往的說。

「那你舅舅喜歡園藝工作嗎？」我問。

「他很喜歡啊！只是在孟加拉，我們國家對勞力工作者的評價遠低於勞心的工作，像是醫師、電腦工程師、律師…這些都是在孟加拉社會地位比較高的工作，而園丁的地位就很低了，如果還在孟加拉，我舅舅不可能為了興趣從工程師換到園丁，甚至連講都不敢講出口。」

她繼續說，「不過在英國就不同了，雖然英國的醫師、律師、工程師的待遇也很高，但是這邊的勞力工作者也能有相等、甚至更高的尊重和待遇哦！」

英國注動勞動人權，是我早就知道的事，但是今天第一次聽到英國的勞力工作者，不但受到社會的尊重，而且還有很高的薪水，不禁嘖嘖稱奇。因為在台灣，就我的了解，勞工的人權還不受重視，更不用說勞力者的地位，我們一向都區分「藍領白領」不是嗎？藍領工作者在大家的印象裏總是弱勢的一群，而且記得小時候，大人就常常用「不讀書你以後只能當工人」來督促小

孩用，好像當工人是種懲罰。沒想到在英國可是大大不同，在這裏，需要技藝的勞動受到社會的重視，同時社會也不吝於給這些工作者實質的報酬，在英國，「當工人」可能是一種福分。

當我腦裏還想著台灣的勞工地位的時候，忽然靈光一閃，想到那天在公園遇到的除草男子。

我問孟加拉公主：「前一陣子我經過附近公園的時候，看到一個男生開著除草機在整理公園的草坪，那他是不是就是公園的園丁啊！」

「是啊！如果你看到他在除草、或是整理花木，他肯定是負責那個公園的園丁囉！」孟加拉公主篤定的說。

「怎麼了啊！」她問。

我告訴她那天在公園發生的事，她一臉「天啊！」的表情。

「你竟然沒有抓住機會認識那個園丁！」她無限惋惜的說。

「啊！」我一邊苦笑，一邊想，今天又學到了一些新的東西，英國和台灣，果然有許多地方是很不同的。

英國的勞動人權

　　因為西方資本主義的發展，已有數百年的歷史，西方國家對勞動人權的保障制度，也較為先進成熟。這裡的工時短、勞工退休及健康、職災問題都有一定的制度保障。

　　以像到學校辦理手續為例，有些單位常常要等到十點過後，負責人才會開始受理案件，而往往下午四點就下班了。和台灣的冗長工時比起來，英國的藍領勞動者和白領上班族好像都比較幸福。

　　也因為歐美國家對勞工權益的保障，促使許多西方跨國企業，紛紛將生產線外移到勞動成本低廉的第三世界國家，以便減低勞動及環保成本，而本國則將產業升級為研發或金融中心⋯等等不需要廉價勞動力的產業。

　　以聞名全球的運動品牌Nike為例，它的廣告雖然都做得很「美國」，其實生產線都在中國。但近年來，因許多西方跨國企業在中國、越南等地剝削勞工權益，換取廉價成品，飽受歐美人權團體批評，因此西方近年來流行「反血汗剝削運動」，拒買這些為列為黑名單的產品，某種程度也對這些跨國企業造成輿論壓力，促使它們改善工廠生產的勞動條件。

~～ 德意志共和國 ～~

德國在英文裏有兩個名字，一個是日耳曼（Germany），另一個是德意志（Deutschland）；一個是種族的俗稱，另一個是國家的名字。我一直覺得，德意志的中文翻得很好，因為德國這個國家，確實擁有強大到可怕的意志力。

不管是好的或不好的，從近代工業革命之後，德國人好像突然從中世紀的沉睡中醒來，做了好幾件轟轟烈烈的事：有些讓人敬佩，有些讓人痛恨，更有些引發爭議，世人評價不一。但是，不管你選擇討厭它或是喜歡它，你決無法忽視它--這個端坐在中歐、被大河和森林所包圍的神祕民族。

趁著春假，去了一趟德國。走在街道上，我仔細觀察經過的男男女女，發現就現代審美標準而言，德國人其實是一個很美的民族：他們一般都有淡金色的頭髮，雪白的皮膚，分明的輪廓，高大的身材。只要身材不變形，似乎人人都有當超級模特兒的本錢。但是那樣的美，絕不是宜人可親的美，德國人直挺的鼻樑、高昂的顴骨與稜線分明的薄唇，看上去固然有不容侵犯的高貴與尊嚴，但也有一些難以隱藏的冷漠與自傲，那究竟是表情使然還是天生的五官，委實讓人無法分辨。

不過，在許多方面，德國人確實是有驕傲的本錢。比文化，德國的音樂家有世界級的分量；比思想，少掉德國的哲學家，不能寫就一部哲學史；比重工業，德國雖然不是歐洲最老牌的工業革命國家，但卻後來居上，德國的工業製品至今仍是品質的保證；比科技，二戰以後，當時的強權美國和蘇俄，佔領德國之後，第一個要搶的是德國的科學家；比自然環境，德國是世界上

第一個提倡造林概念的國家，也是歐洲最落實環保的國家，綠黨的勢力比任何其他國家都大；比經濟，統一前，東西德各在不同的陣營裏排名前茅，雙德統一後，即使國家經濟為此出重大的代價，放眼世界，德國仍然居於領先地位。

去德國之前，我心裏對德國的刻板印象，就是崇尚理性到近乎冷酷、追求秩序到不通人情，所以我一直以為，我是不可能太喜歡德國的，頂多只是去觀摩一下人家的現代化與進步。可是去了這一趟，我發現我錯了，而且是大大的錯了。有時候，理性未必等同於冷酷，要求秩序也不盡然同於違反人情。在德國，我看到的是他們運用理性設計符合人性的制度；在規劃秩序時就考慮到人情，秩序裏處處體現人權。一個很好的例子是可以環繞全德一周的腳踏車道，在德國，行人有行人步道，車輛有車輛的街道，腳踏車有腳踏車的道路，行人走在腳踏車道上被撞倒，不管對錯，必須要付損壞腳踏車的賠款；腳踏車騎到行人步道上致使人物損害，無論是非，必須要付法律責任。就這樣，透過理性的制度設計，不同的族群都受到一致的尊重，各有所歸，各不干擾，共享公共道路的資源而自成秩序。

除了解消之前的偏見，這次去德國，還讓我發現這個國家有許多迷人之處。德國的城市，街道規劃整齊，建築方正有序，印象更深的是頻繁便利的城市公共運輸系統，時刻表總是清楚明瞭，而且從不誤點。德國的小鎮，那裏的房子像是童話裏的插圖，門前有一個綠意盎然的園子，窗前一定種滿玫瑰，到了夏天就會艷麗的盛開。在德國坐火車的時候，沿路上有濃密的綠林，現代的交通工具與四週的幽靜，恰成對比。而萊茵河前面一片長長的草原，坐在遊艇上，河風吹來，看著河岸有好多人興緻高昂的運動、玩耍、或是懶懶的躺在草地上晒太陽。我喜歡德國人的

誠實，不只是因為在無人查票須自行投票的公車系統，可以看出這個民族訓練有素的守法態度，更因為我自己的親身經驗：有一次，我匆匆忙忙趕著下車，背後一個德國青年叫住了我，面帶微笑，指著我忘在座位上的皮包。我喜歡德國人的單純，他們夏日在小館的露天座上喝啤酒，喝到興起有時就唱起歌來，一群人熱鬧起來，趁著微醺，會隨著音樂起舞。

德國的公園，綠樹參天，依湖傍水，不管當時天氣再怎麼熱，進去一定暑意全消，換來一身沁涼；有一次我在公園裏，看到一群群的小鹿、綿羊在吃草，驚訝不已，這些動物雖然在書上耳熟能詳，但真正這麼近距離的接觸，看到小鹿的眼睛，摸到綿羊的絨毛，還真是長這麼大頭一次，想到這對一個東方女子來說是出國才有的新鮮經驗，身旁一堆德國小孩卻從小就和這些動物玩在一起，一點也不以為意，我更加喜歡德國人對自然環境的態度了。

音樂在德國幾乎無所不在，在觀光地區，固然有許多精彩的藝術家，用非傳統的工具像玻璃杯，還有無懈可擊的技巧，表演世界名曲。但是千萬不要以為德國人對音樂的喜好，僅止於幾個萬人注目的大師，任何時候，只要你經過公共地區--甚至只要是一片能坐能臥的綠地，一定會發現有一小群人在演奏音樂，或吹或彈或打擊，其水平之高，一點也不像是業餘，但若要說是職業，照此看來，德國人以音樂為職業的比例，未免高得嚇人。

走過一趟德國，我完完全全改變了自己之前對它的偏見，甚至可以說有一點佩服起它了。想想二戰之後，面對殘敗不堪的家園，德國人沒有用太多的時間，就建立起新的現代化國家，東西德各領風騷，這是何等強大的復原能力。難怪九○年代柏林圍牆倒塌，德國人想要統一的的時候，引起世界一陣驚恐，懷疑兩德

統一之後，如虎添翼，有能力對世界做出更大的正面影響，但也有能力對世界造成更大的傷害。

在德國的時候，已經是真正的歐洲夏日，陽光高照，從四點就天亮，要到晚上十一點才會完全天黑，我學起德國人，也常常在近傍晚時，在草地上躺著沐浴日光，那時天氣已漸涼，但日光卻仍然充足，我的鼻頭聞著草香，耳邊聽著他人演奏的曲調，總是忍不住要想，這樣一個優秀的國家、一個對世界文明貢獻卓著的國家，為什麼會掀起兩次腥風血雨的世界大戰？這個問題，我和很多人一樣，想不通。或許是因為支撐這個民族運轉的強烈意志，可以成就大好事，也可以成就大惡事。

德國的環保政策

　　德國的環境保護工作，在世界上可說是首屈一指。單單拿它的垃圾分類政策來說，德國人就可以把垃圾分為六大類：（一）有機垃圾（例如廚餘）；（二）輕型包裝垃圾（例如塑膠瓶）；（三）紙類；（四）玻璃製品；（五）問題物質（例如化學藥品、電子儀器⋯等可能會毒化垃圾的物品；以上五種大半是可以回收再利用的垃圾，第（六）種則大部屬於無法回收的種類，例如灰塵、打破的盤子⋯等。

　　這套看似麻煩的政策實行十多年來，並沒有聽說社會反彈或是執行不力的弊端。而德國人也早已養成習慣，所有垃圾都必須分門別類，投置到特定的回收桶，或是在固定的日子，在定點等待政府的垃圾車來清理。

　　從德國的垃圾分類政策與它執行的成效，我們似乎也可以分類出德國人的幾個特性：（一）做事態度一絲不苟；（二）政策執行鐵面無私；（三）人民富有守法觀念。

~～ 蒙馬特山丘上的紅磨坊 ～~

　　從德國邊境坐巴士到巴黎，不過五個鐘頭的時間，一路上的景觀卻已漸漸產生變化。德國邊境還有高樹參天，濃密的綠意，將道路包夾其中，不管是巴士還是其他車輛，在連綿不絕的森林前，都顯得相對渺小。但一路上兩旁逐漸開展，由密密連生的林子轉成一排稀稀疏疏的樹木，再來是一片廣大的草原。隨著景色轉變，視野愈來愈開闊，人的心境似乎也莫名的舒爽柔和起來。

　　途中巴士在法國邊境的休息站停下，供大家購買餐點、下車活動。我跟著大夥排隊，選了一個麵包，發現所有的服務人員都講法文，輪到我付賬的時候，那位女侍眨著經過仔細化粧的美麗大眼睛，對我吐出一串聲調優美的語句，我滿臉的問號，她好像早就看多了這種表情，有些不耐，對我指指收銀台上的數字。我連忙按數掏錢給她，雖然沒什麼道理，但是她的態度明顯的在對我表示，聽不懂法文是我不應該。

　　這就是到法國的第一課，在這裏可通的語文，除了法文還是法文。不管這世界的大多數怎麼樣繞著英文轉，法國人視而不見。

　　到了巴黎，第一站先到蒙馬特山丘。我在台灣時，對「蒙馬特」三個用的第一個印象，其實是來自於作家邱妙津的「蒙馬特遺書」，那是我第一次聽到蒙馬特的名字，有一種遙遠的異國情調，再加上邱妙津這書乃是遺作，不久即傳出她舉刀自殺的消息，蒙馬特對我，遂在遙遠神祕之外，又多了一點悲劇性。

　　山丘上有一個古老的白色教堂，可以從教堂向下俯視整個城市，看著整個大巴黎往四方擴展。山腳一帶就是著名的紅燈區，

這其中有單純的色情表演，也有許多著多的藝文活動表演場所，往往建築物從正面看起來並不大，但窗面屋頂均有精美的雕飾，似乎在暗示著大門裏面另有一番天地。斐聲國際的「紅磨坊」就在這一區，不斷旋轉的艷紅風車塔，加上山腳下的旋轉木馬，曾經是溫馨小品「愛蜜莉異想世界」的場景，還有溫熱的陽光，將蒙馬特襯得細緻甜麗，好像不曾發生過一個台灣女子的死亡。

我從導覽手冊上約略知道，蒙馬特之於巴黎，不只在於容納了色情場所，而更在容納了許多尚未成名、不受賞識的落魄藝術家，從十八、九世紀以來，一直都有遠路來到巴黎、冀求在此藝術之都謀求生路的藝術家，落腳蒙馬特一帶，一開始可能是偶然，後來愈聚愈多，也成為蒙馬特的特色之一。不過，色情交易工作者，和窮途潦倒的藝術家，都是社會的邊緣分子，聚在一起，原不難想像。

下一站是巴黎最著名的地標艾菲爾鐵塔，還沒到之前，我已經為一路上許多美輪美奐的建築目不暇給。那些數百年前的建築，風格有些像倫敦，但又比倫敦華麗。建築物大多以米色大石築成，飾以許多精美繁複的雕飾，尤其是窗邊的鐵欄，樣式之多，各有千秋，令我眼花撩亂，而想找出一個重覆的花樣，竟不能夠。巴黎的繁複精細，由它的窗欄設計，可見一班。

到了艾菲爾鐵塔，雖然早就不知從螢幕或圖片上看過它千百次，真正到了塔下，仰望這座造形奇幻的高塔，仍然有一種無以言喻的震撼力。塔下有許多觀光客大排長龍等著登塔賞景，我則繞著它走來走去，感到艾菲爾之美，似乎美在出奇不意。在巴黎這座處處有歷史的城市中，艾菲爾就好像是在許多老爺爺、老奶奶的古董箱裡，放進一個小孩子的大玩具，反而為巴黎增添了一種活潑的神韻。

~～ 香榭大道 ~～

　　離艾菲爾不遠，就是著名的香榭里舍大道，和台北的忠孝東路差不多，是首都巴黎的精華商業地帶，兩旁有數不清的精品店，賣衣服賣化粧品賣飾品…就算不買東西，光看各家店競相推陳出新的櫥窗設計，就值回票價。當然既然叫「香榭」，這裏是少不了法國的特產----香水。「香榭」可謂是愛香水的人的天堂，因為這條路上有好幾家專門賣香水的店，不但有試香師坐鎮服務，香水品項之多讓你逛到頭昏眼花，牆上還掛著一塊世界各地香水的電子價格表，隨著時間變動數字，就好像銀行裏的匯率表一樣。只要逛過這裏的香水店，看那些香水分類之精、整理之細，你一定會開始懷疑，是誰說法國人生性散漫、毫無組織？起碼那絕對不是表現在精品和香水上。

　　逛累了，大道兩旁有寬大的人行道，一家又一家cafe趁著陽光，擺出露天咖啡座，上。英國人喝茶、德國人喝啤酒、法國人喝咖啡。在巴黎，菜單上可以沒有茶、沒有酒，但絕不會沒有咖啡。在香榭大道上喝咖啡的好處是，可以一坐一個下午，觀賞過路的男男女女。他們一個一個比美競艷，都有獨樹一格的打扮，不追逐流行，但也絕不落在時尚之外。這一點和英國大大不同，記得剛到英國的時候，剛好在流行低腰牛仔褲，於是幾乎整個街上的女生都穿著一條，說是制服也不為過。另外，英國和法國的種族組成似乎也大不相同，我在「英國社會報告」裏提過，南亞人是英國最大的族群，但在法國，我看到許多非洲人種，這應該是和殖民歷史有關。

　　不過，可能是久經混血之故，即便是黑色人種，到了法國，似乎也變得纖細時尚起來。這還是要從正統法國人的外表說起，

和德國、英國不同，他們的膚色、髮色漸深，骨架較小，五官較為柔和。總的來說，法國人有西方人的立體臉型，但又多了一些東方的細緻質感，加上法國人首屈一指的時尚品味，大家公認歐洲中以法國女人最美，當非無因。

香榭大道的盡頭，就是壯觀宏麗的凱旋門，當初為歡迎橫掃歐洲、凱旋榮歸的拿破崙所建。四面都有女神與戰士的浮雕，象徵著法國戰士如有神助，戰無不勝、攻無不克，門內的浮雕則以花草幾何圖形為主，上面還刻著許許多多當初地區的名字，代表著拿破崙曾經解放過的地區。因為拿破崙在法國稱帝以前，以解放者自居，將法國革命的「自由平等博愛」的理想，隨著他東征西討，每到一處，舊秩序即行崩解，新秩序代之而起，真可謂當時歐洲封建制度的終結者，榮耀到了極點。

登上凱旋門，可以看到以此門為中心，四周有十二條向外輻射的大道，夜幕落下，燈光如畫，將所有的道路都點綴成了一條條流金的河。尤其是正對著羅浮宮的香榭大道，最大最亮，在夜裏完全成了一條黃金大道，往這條黃金大道的盡頭看去，就是羅浮宮的入口，也仿著凱旋門的模式，建了一個形體縮小、精美依舊的小門。雖然歷史無法重演，但想像當初拿破崙策馬榮歸的英姿，由大凱旋門到小宮門，沿路必然擠滿了歡呼愛戴的群眾，包圍著他直到進入寢宮，那是何等震撼人心，真是一個眾人擁戴的英雄，所能受到的最高光榮！

英雄拿破崙

撐著法國大革命「自由、平等、博愛」的大旗，年輕英俊的拿破崙，魅力橫掃全歐洲。他一方面是個軍事天才，戰無不勝、攻無不克；另一方面，他也是個具有遠見與膽識的政治家，透過法制的建立與經濟的改革，拿破崙削弱了歐洲的封建勢力，為初期的資本主義立下了法治的基礎。

即使是同時代的樂聖貝多芬，也曾經為拿破崙心折不已，曾為他譜下美麗樂章，題獻給這位當代無與倫比的英雄。

無奈英雄也是凡人，當拿破崙抵擋不住世俗權勢的誘惑，在1804年稱帝。貝多芬因此氣得撕毀題詞封面，將作品改名為「英雄交響曲」。

晚年的拿破崙，被軟禁於大西洋的聖赫勒拿島，只能遠遠的看著歐陸，無法再回到這片他盡情馳騁過的土地。

但不管拿破崙的晚景如何悽涼，他曾經對歐洲做出的貢獻，卻是不可抹滅的，拿破崙的名字，在今日仍然是「英雄」的代名詞。歐洲小國林立，國王眾多，當個「國王」並不稀奇。因此有人說，拿破崙是「王者之王」，這個名詞，以拿破崙對近代歐洲的影響力，確是當之無愧。

~~ 羅浮宮 ~~

羅浮宮是世界上最大的博物館，美不勝收，可惜英文解說少之又少，到了這裏，又再一次證明，不懂法文，在巴黎全成了聾啞。我發現有些告示牌上的英文說明，不僅屈居法文之後，而且竟有明顯的文法錯誤，讓我看得滿臉直線。那些錯誤都是很基本的文法，不能就此證明法國人無法駕馭英文，只能說他們對英文實在漫不經心。

羅浮宮館藏豐富，從希臘羅馬的石雕、埃及古物、東方藝品，至文藝復興時代以降的畫作雕塑…從法國人本身的創作，加上近代在北非遠東殖民搶來的寶物，零零總總，無一不包，無異是藝術工作者的寶庫。走在裏面，時常看到幾個表情認真、學生模樣的人拿著畫板對著某一名作素描，偶而也有看來像是大學教授的人，在作品前打量。

雖然處處是世界名作，難以分出高下，但所有來羅浮宮參觀的人，應該都不會錯過鎮宮之寶---達文西的「蒙娜麗莎的微笑」。根據傳言，這幅畫神奇之處，在於不論你從那個角度去看，畫中人都像對著你看、對著你笑。根據我的親身經驗，確實不假，不知道是達文西取景角度的關係，還是他用的色彩光線所致，總之，這幅畫雖然是平面創作，卻有立體的效果。這讓我想起，我們今天常見的「3D」圖片，也是平面的光影會跟著觀者移動，而呈現出不同的風景。可是，達文西活在六百年以前，所有的只有畫筆與顏料，他如何能創造出和現代科技一樣的效果呢？

說到這裏，忍不住想說說達文西。因為我個人覺得，達文西本人遠比這幅畫傳奇。眾所周知，達文西是文藝復興時代的三巨

頭之一，他的藝術成就舉世公認，但比較少人知道的，是他同時在自然科學方面也有重大的貢獻。而且他多方面的心智活動不但沒有失去平衡，反倒相互增強！例如，他對光學上的豐富知識，是他創作「蒙娜麗莎」的背景；而他對人體解剖學的了學，使他在雕塑與畫作上可以掌握正確的人體比例。更不用說他對未知事物的探索，永不止息的好奇心，科學實驗方法的建立，…達文西，一個十五世紀的人物，但遠遠走在他的時代之前。他是西方社會公認的天才人物，有許多學者以達文西為例，研究天才的形成。

當時的人們僅止了解他是一個藝術大師，而今的人們透過他殘留的手稿及設計圖，讚嘆他還是一個早慧的科學家。隨著時代過去，達文西不止經得起考驗，更加添了重量。或許這也是「蒙娜麗莎的微笑」這麼寶貴的原因之一，不只因為蒙娜麗莎，更因為是達文西！

再來說說這幅畫，其實蒙娜麗莎何只在羅浮宮，無所不在的微笑？打從進巴黎，「蒙娜麗莎的微笑」就無所不在，從明信片的第一頁、導遊手冊的封面、咖啡館的店招…更不用說大街小巷四處飄揚的複製畫作，蒙娜麗莎早就在巴黎無所不在。我不知道能不能從藝術史的角度，說她是世界上最有名的女人，不過我肯定能從一個旅遊者的角度，說蒙娜麗莎是巴黎最有名的女人！

除了館藏，羅浮宮另一個可觀之處是它的建築。因為這其實原本就是國王的居處，極盡奢華之能事，每一扇門、每一個樑柱，都佈滿了精巧的雕刻。當你看到某一個房間，正驚嘆這華美如此，應該是宮裏最豪華的房間了，到了下一個房間，卻又發現翻出新花樣，奢華依舊，但是一新耳目。就這樣，一波未平一波又起，真不知道當初花了多少錢與人力去蓋的。也可以想見，當

初的法國大革命，就是由生活靡爛的貴族與飢寒輩難忍的平民對抗而起。看到羅浮宮，不禁感嘆，今日留下的美麗，當初是建築在多少人的痛苦之上。

蒙娜麗莎的微笑與「達文西密碼」

「蒙娜麗莎的微笑」可以說是羅浮宮的鎮宮之寶，畫中人似笑非笑、神祕幽微的表情，引起藝術家、科學家、文學家各自從不同的專業領域、發揮想像、演繹畫作所想要表達的意境。

這樣一幅畫，數百年來謎團似的吸引各領域專家的眼光，未有止息，可以想見，創作這幅作品的達文西，當然不是一位簡單的人物。

生於西元十五世紀的達文西，正值文藝復興時期的高峰。達文西在繪畫上的成就，固然可觀，但他多才多藝，是歷史上難得一見的全方位天才。他發明過降落傘、設計過潛水艇、做過人體解剖研究……不管在數學、科學、醫學、藝術各方面，達文西都有開創性的成就。

最近當紅的小說「達文西密碼」，正由「蒙娜麗莎的微笑」開啟了整篇故事。或許我們也可以說，達文西令人驚艷的天才，也是一種「達文西密碼」，是後代科學研究人類潛能的最佳範例！

~～ 這就是巴黎 ～~

　　走出羅浮宮，沿著塞納河順道往奧賽美術館走去。塞納河畔，有許多流蕩的藝術家落腳作畫，還有賣著小報舊書的販子，與對街林立的左岸咖啡座互望，有一種特屬於這城市的氣氛，流浪在感官的饗宴裏，讓人忘了時間的流轉。

　　一路上，巷弄街角，隨處一轉悠即可見美術館、博物館，就像羅浮宮一樣，不只是館藏引人入勝，往往建築物本身即是一件巨大的藝術品。

　　選擇奧賽，是因為它擁有最多印象畫派及超寫實主義前期的作品，簡單的說，奧賽承接著羅浮宮從古典宗教畫的傳統、至文藝復興以來的突破，標誌著近代繪畫的轉捩點。從這裏開始，畫家的技法，不再拘守忠實呈現眼睛看到的事物，線條自由了，色彩也開放了；畫家的主題，也不再受宗教教條或貴族人像所縛，開始畫一些平民生活與日常事物。雖然說之前也有少數先聲，但不如這個時代，是一種潮流。而到了梵谷，就我看來，他不但是印象派，更是超現實主義的前驅，因為梵谷所畫，與其說是日常生活的描繪，更像是他個人精神狀態的展現。他的情緒與感覺，透過強烈的色彩與些微扭曲的線條，在畫作上似乎就要跳出來。無疑的，梵谷是我最喜歡的畫家，因為他強烈的個性與不屈的藝術靈魂，這樣一個生平苦多樂少的人，畫作卻多溫暖動人，這種人與作品的對比，讓我非常感動。

　　這一帶位於羅浮宮與塞納河邊，藏著許多藝術精品街。走出奧塞美術館時，在巷弄內遇到一場派對，好像是慶祝一家新開幕的藝術品店。整條路舖上了粉紅色的地毯，一對又一對來參加盛

宴的佳賓，比香榭大道的行人更能表現此地的時尚品味。

　　值得一提的是，在巴黎的期間，還遇上了今年最大的罷工。旅館經理告訴我，應該去地鐵碰碰運氣，因為罷工期間，有些路線照常營運。於是我進去了地鐵車站，等了一會覺得不妥，想走上地面另找交通工具的時候，卻發現因為罷工已經開始，該站竟被全面封鎖，服務人員一臉無辜的告訴我，我要到某一站去才能走出地鐵，因為這一站的出口都被封死了。我聽了差點沒昏倒，這真是一個荒謬的情狀，雖然知道問了一定沒用，但我還是問了那個服務人員：「那路車會來嗎？」果然他聳聳肩，說：「不知道，碰運氣吧！」

　　聽來有點可笑，但確實就是這樣。我一定要坐某路車才能走出地鐵，但是那路車不一定會來，於是我被困在地下鐵裏動彈不得，不過幸好我不是唯一的一個，地鐵裏還有許多法國人，看來表情都很平靜，好像早就習慣的樣子。我抱著萬一的希望，向身旁一個法國女生，用英語詢問狀況。結果非常幸運的是那個法國女生的英文，竟然有可以溝通的程度。

　　我問她：「妳的英文很棒呀！」

　　她說：「除了英文法文，我還會說俄文、西班牙文和波蘭語呢！」原來這個法國女生專修語言，我真是頂頂幸運的了。

　　她告訴我：罷工不是停工，罷工的意義是讓司機自由決定，高興開就開，不想開就不開，所以即使不知要等多少，她安慰我不需要離開地鐵站，因為我的班次可能下一分鐘就來，而路上的交通因為罷工瘋狂混亂，比愛來不來的地鐵更不可靠。

　　她對我說了一句話，我永遠不會忘記她說話時的表情：她說：這就是巴黎！

國家圖書館出版品預行編目

哈囉！大不列顛 / 江雅綺著. -- 一版. -- 臺北
市：秀威資訊科技，2006[民95]
面；　公分. --（語言文學類；PG0098）

ISBN 978-986-7080-59-2（平裝）

855　　　　　　　　　　　　95011052

 語言文學類　PG0098

哈囉！大不列顛─留學女生週記

作　　者 / 江雅綺
發 行 人 / 宋政坤
執行編輯 / 林秉慧
圖文排版 / 莊芯媚
封面設計 / 莊芯媚
數位轉譯 / 徐真玉、沈裕閔
圖書銷售 / 林怡君
出版印製 / 秀威資訊科技股份有限公司
　　　　　台北市內湖區瑞光路583巷25號1樓
　　　　　電話：02-2657-9211　　傳真：02-2657-9106
　　　　　E-mail：service@showwe.com.tw
經 銷 商 / 紅螞蟻圖書有限公司
　　　　　台北市內湖區舊宗路二段121巷28、32號4樓
　　　　　電話：02-2795-3656　　傳真：02-2795-4100
　　　　　http://www.e-redant.com

2006 年 7 月　BOD 一版
定價：170元

讀 者 回 函 卡

感謝您購買本書，為提升服務品質，煩請填寫以下問卷，收到您的寶貴意見後，我們會仔細收藏記錄並回贈紀念品，謝謝！

1.您購買的書名：＿＿＿＿＿＿＿＿＿＿＿＿＿＿＿＿

2.您從何得知本書的消息？

　□網路書店　□部落格　□資料庫搜尋　□書訊　□電子報　□書店

　□平面媒體　□ 朋友推薦　□網站推薦　□其他＿＿＿＿＿＿

3.您對本書的評價：(請填代號　1.非常滿意 2.滿意 3.尚可 4.再改進)

　封面設計＿＿　版面編排＿＿　內容＿＿　文/譯筆＿＿　價格＿＿

4.讀完書後您覺得：

　□很有收獲　□有收獲　□收獲不多　□沒收獲

5.您會推薦本書給朋友嗎？

　□會　□不會，為什麼？＿＿＿＿＿＿＿＿＿＿＿＿＿＿＿＿＿＿

6.其他寶貴的意見：＿＿＿＿＿＿＿＿＿＿＿＿＿＿＿＿＿＿＿＿

＿＿＿＿＿＿＿＿＿＿＿＿＿＿＿＿＿＿＿＿＿＿＿＿＿＿＿＿＿＿

＿＿＿＿＿＿＿＿＿＿＿＿＿＿＿＿＿＿＿＿＿＿＿＿＿＿＿＿＿＿

＿＿＿＿＿＿＿＿＿＿＿＿＿＿＿＿＿＿＿＿＿＿＿＿＿＿＿＿＿＿

讀者基本資料

姓名：＿＿＿＿＿＿＿＿＿　年齡：＿＿＿　性別：□女 □男

聯絡電話：＿＿＿＿＿＿＿＿　E-mail：＿＿＿＿＿＿＿＿＿＿

地址：＿＿＿＿＿＿＿＿＿＿＿＿＿＿＿＿＿＿＿＿＿＿＿＿＿

學歷：□高中(含)以下　　□高中　　□專科學校　　□大學

　　　□研究所(含)以上 □其他＿＿＿＿＿＿＿＿

職業：□製造業 □金融業 □資訊業 □軍警 □傳播業 □自由業

　　　□服務業 □公務員 □教職　□學生 □其他＿＿＿＿＿

To：114

台北市內湖區瑞光路 583 巷 25 號 1 樓

秀威資訊科技股份有限公司　　　收

寄件人姓名：

寄件人地址：□□□

- -

(請沿線對摺寄回,謝謝!)

秀威與 BOD

BOD（Books On Demand）是數位出版的大趨勢,秀威資訊率先運用 POD 數位印刷設備來生產書籍,並提供作者全程數位出版服務,致使書籍產銷零庫存,知識傳承不絕版,目前已開闢以下書系:

一、BOD 學術著作—專業論述的閱讀延伸
二、BOD 個人著作—分享生命的心路歷程
三、BOD 旅遊著作—個人深度旅遊文學創作
四、BOD 大陸學者—大陸專業學者學術出版
五、POD 獨家經銷—數位產製的代發行書籍

BOD 秀威網路書店：www.showwe.com.tw
政府出版品網路書店：www.govbooks.com.tw

永不絕版的故事・自己寫・永不休止的音符・自己唱